部長夫人と京都で

霧原一輝

双葉文庫

目次

部長夫人と京都で

第一章　童貞捧げます

1

ハウスメーカーのSホームに勤める小谷翔平《こたにしょうへい》が、営業部の懇親会の席で先輩営業マンにお酌《しゃく》をしてまわっていたとき、

「おお、小谷翔平か！　残念だったな。たった一文字、大と小でこんなに差があるとはな、ウァハッハッ……」

お酌を受けながら、先輩が大笑いした。周囲の先輩たちも手を叩いて、爆笑している。

もちろん彼らが比較しているのは、今や、二刀流のメジャーリーガーとして大活躍の大谷翔平《おおたにしょうへい》のことだ。

大学を卒業した翔平がSホームに入社して、ほぼ半年が経つ。研修期間を終え、営業マンとしての船出を迎えたものの、さっぱり契約が取れない。

住宅展示場で、自分の名刺を渡したとする。それを見た客は十中八九、にやっとして、

『一文字違いか……惜しかったですね』

『覚えやすくていいですよ』

『きみの二刀流は何だ、女と仕事か？』

などと、のたまう。

それはいい。営業マンにとって自分の名前を覚えてもらうことはとても大切だ。営業の第一歩である。

そういう意味ではむしろ、ベーブ・ルースに並び称される大谷翔平には感謝しなければいけない。あまり契約が取れないのは、自分の実力がないからだ。

席に戻ると、隣席の鮎川淳子《あゆかわじゅんこ》が、

「お疲れさまでした」

ビール瓶を持って、お酌してくれる。

「ああ、いや……ありがとう」

翔平はドギマギして、コップを握る。その手が震えそうになるのは、自分が淳子に好意を抱いているからだ。

同期入社で、年齢も同じ二十三歳。

しかも、ミドルレングスのボブヘアが似合って、アイドル張りのかわいい容姿をしている。とくに笑顔が魅力的で、これは営業活動においても圧倒的な武器になる。

たとえば、二人で住宅展示場に詰めていても、見学者のほとんどが彼女のほうへ向かい、言われるままにアンケートに記入したりする。

じつは、アンケート用紙を受け取った者が、のちの営業担当者になるのだ。

そして、トラブルなく家を建てるには、この営業担当者がものすごく大切になる。家造りコンサルタントのなかには、『経験が一年未満の営業担当者には、絶対に任せてはいけない』と公言する者までいる。

この前、淳子は『わたしでは無理そうなので、このアンケートのお客様、小谷さんにお任せしますね』と、譲ってくれた。

何ていい子なんだ、と感激して、ますます淳子を好きになってしまった。

今も、自分ごときにお酌をしてくれている。

ここは二人の距離を縮める絶好のチャンスだ。翔平もビールを勧めたが、

「ゴメンなさい。わたし、あまり呑めなくて……」

と、コップに自分の手で蓋をする。

「同期入社の営業部員は二人だけだし、ほんとは断りたくないんですよ。だけど、ほんとわたし、お酒に弱くて……大学生のときに大失敗をやらかしたことがあるんです」

淳子がくりっとした目を細める。

「えっ？　初耳だな。教えてくださいよ」

「じつはね……」

淳子は、みんなに聞こえないように片手で口のところに壁を作り、翔平の耳元に顔を寄せてきた。

「初めてお酒を呑んだときに、わけがわからなくなって……」

淳子の温かい吐息が耳にかかって、ぞくぞくしてしまう。それに、自分の左肩に何やら柔らかくて大きなふくらみが当たっている。

「……気づいたらわたし、大学の講堂の前にある小さな噴水池に飛び込んでいたんです」

「ええっ！」

思わず驚きの声をあげた翔平に向かって、

「シーッ！」

淳子が人差し指を唇の前に立てた。

「ああ、ゴメン……あまりにも予想外だったんで」

「そうかな？　きっとみんな、わたしのこと誤解しているんだと思う。知らない人はわたしのこと、清楚《せいそ》だとか、かわいいとか言うんだけど、ほんとうは違うんですよ」

「……違うって、どういうことなの？」

「どういうことなんだろうね、知りたい？」

淳子が口角《こうかく》を吊《つ》りあげて、翔平を見た。

まださほどビールを呑んでいないのに、目の下がほんのりと朱《しゅ》に染まり、大きな瞳もうるうるしている。

（もしかしたら、このあとで、わたしにつきあって、と求めているんじゃないか。いや、まさか、俺ごときにそんな……しかし、このキュートすぎる視線は何を意味するのだ？）

わずかな時間に、翔平は頭をフル回転させる。だが、結論は出ない。

なぜなら、翔平は二十三歳にして、いまだ童貞だからだ。

女を、いや正確に言えば、オマ×コを体験したことがないのだ。

そりゃあ、女性とつきあったことはある。しかし、デートをしても、どうしても最後までいかない。

自分は性格が暗いわけではないし、イケメンとは言えないものの、容姿は並だと思う。

思い当たるのは、『頼りない』ことだ。以前につきあっていた大学の同い年の女子に、別れる際にこう言われたことがある。

『翔平くん、おどおどしてるし、頼りがいがない。女性はね、身を任せられる男じゃないと、ダメなの。セックスする気になれないの……もっと、しっかりしなさいよ』

たぶん、その言葉が翔平が二十三歳になった今も童貞である原因を見事に言い当てているのだ。

（このままじゃ、ダメだ……！）

質問からだいぶ時間は経ってしまったが、翔平は思い切って答えた。

「知りたいよ、そりゃあ」

「ほんとうに？」

「ああ、もちろん」

「じゃあ……」

淳子が何か言いかけたときに、直属の上司である田村《たむら》課長が近づいてきて、淳子に言った。

「鮎川さん、佐久《さく》部長がお呼びだから、行ってくれ」

「今ですか？」

「そうだ」

淳子が席を立って、上座にいる部長の隣に座り、言葉を聞きながら、しきりにうなずいている。

(何だろう？　こんなときに……)

翔平は気になって、チラ見する。

佐久部長と淳子のツーショットは羨《うらや》ましいほど絵になる。

佐久勝也《かつや》は五十八歳の営業部長。遣《や》り手、切れ者として会社の屋台骨を支えるエリートで、近々、取締役に抜擢《ばってき》されるらしい。

驚くのは、翔平のような新入社員に対しても、ちゃんと目配りをしてくれていることだ。この前も、

『大谷翔平があれだけ頑張っているんだ。お前も、特大ホームランをかっ飛ばしてくれよ。期待しているからな』

そう言って、翔平の肩をぐいと抱き寄せてくれた。

大学時代はラグビーをやっていたらしく、今も体はがっちりして、肌も浅黒い。部長なのにいまだに現場に乗り込んで、陣頭指揮を執ったりする。

翔平はそんな佐久部長を尊敬している。

自分があそこまでなれるとは思えないが、部長も新入社員の頃は営業マンとしてすごく苦戦したという話を聞いている。

だから、自分だって、と思う。

しばらくして、淳子が帰ってきた。

「何だったの?」

訊《き》いても、

「たいしたことじゃないから」

と、答えようとしない。

(もしかして、淳子さん、佐久部長となんかあるのか……。いや、それだったら、逆にこんな公《おおやけ》の場で、わざわざ自分のもとに呼ばないだろう)

そう勘繰《かんぐ》ってしまうのは、部長がとにかく女にモテるからだ。男の自分でさえ惚れ惚れしてしまうのだから、女性なんかもうメロメロになってしまうに決まっている。

それからしばらくして、部長主催の営業部懇親会は終わった。

（これから、淳子さんと二人で……！）

そう意気込んでいたとき、佐久部長から声をかけられた。

「翔平、これから二次会だ。お前もつきあえ」

「でも、俺なんか、かえってお邪魔じゃないですか？」

「いいんだよ。俺がいいって言っているんだから。それとも、俺の誘いじゃ、不満か？」

「いえいえ、とんでもない。すごく光栄です。ありがとうございます。小谷二等兵、行かせていただきます！」

翔平は直立して、敬礼をした。

2

すでに日付が変わった午前一時、翔平は佐久部長とタクシーに同乗して、部長の家に向かっていた。

あれから、翔平は大緊張のなか、先輩たちに酒をさんざん呑まされ、それが限度を超えたとき、ほとんど前後不覚の状態に陥《おちい》った。

挙《あ》げ句《く》に終電を逃し、どこかのホテルに泊まるだけの金の持ち合わせもなく、今夜はインターネットカフェで一夜を明かすしかないか、と心を決めたとき、

「どうだ、家に泊まるか?」

と、佐久部長からまさかの誘いを受けたのだ。

もちろん、翔平も最初は遠慮した。だが、内心、「うん、これは!」という喜びもあった。

なぜなら、部長は気に入った部下を家に呼び、奥さんの手料理をご馳走することが通例となっている、と聞いていたからだ。

この時間にまさか、奥さんの手料理をということはないだろう。しかし、家に泊めてもらえるってことは、自分が部長に気に入っていただいていることの証《あかし》ではないのか――。

取締役を約束されている方に、目をかけてもらえば、これは自分の将来も約束されたようなものではないのか――。

そう考えた翔平は、図々《ずうずう》しい奴だと思われないように慎重に対応して、『ありがとうございます。お世話になります』

深々と頭をさげた。

佐久部長と二人でタクシーに同乗しているというだけで、緊張感がいや増し、泥酔状態から徐々に覚めていった。

部長宅にタクシーが到着した頃には、かなりシャキッとしていた。部長の奥さんに嫌われたくなかった。

豪邸と呼んでいいような家の玄関から、部長の後について入っていったとき、上《あ》がり框《かまち》に佇《たたず》む奥さんを見て、そのあまりの淑《しと》やかな美しさに啞然とした。

柔らかくウエーブした髪が卵形をした色白の顔にかかり、目鼻立ちはくっきりとしているが、美人特有の厭《いや》みがまったくない。

白いスケスケのネグリジェみたいなものを着て、その上に臙脂色《えんじいろ》の高級そうなガウンをはおっており、その姿はまさに部長夫人に相応《ふさわ》しい上品さだ。

さっきタクシーのなかで、部長は家に電話をして、『若いのをひとり連れて帰る。泊まらせるから、用意をしておいてくれ』と告げ、それから、奥さんのことを話してくれた。

香弥子《かやこ》という名前で、三十九歳なのだという。じつは後妻だそうだ。部長は最初の妻とは離婚し、子供もすでに就職して、家を出ているらしい。

「悪いな、香弥子。さっき電話で話したうちの新人の小谷翔平だ。大谷じゃないぞ」

部長が冗談ぽく言ったが、香弥子は反応せずに、首を傾《かし》げるばかりだ。

つまり、奥さんは『大谷翔平』を知らないのだ。

「知らないのか、大谷翔平を？　今、メジャーリーグで投打の二刀流で大活躍しているだろう」

「ああ、あの背の高いハンサムな選手ね。そういうことですか……この方は大谷翔平じゃなくて、小谷翔平だっていう軽口なのね」

「……まったく、これだから、香弥子のように浮き世離れした女は扱いにくいんだ。シャレが通じない」

「……ゴメンなさい」

「二次会につきあわせたら、帰れなくなったって言うんでな、連れてきた。まだまだ研修中の身だが、将来は有望だとにらんでいる。いろいろと面倒を見てやってくれ。俺はシャワーを浴びて、寝るから……」

部長は妻にそう告げて、翔平に向き直る。

「明日は会社が休みだから、朝食でも食っていってくれ。家内の料理は美味いぞ。じゃあな……あとは家内に訊いてくれ」

部長は乱暴に靴を脱いで、廊下を早足で歩いていく。

もう一刻も早く、横になりたくてしようがないといった様子だ。取締役昇進がほぼ決まっている部長ともなれば、部の呑み会といえど、気の使い方はハンパないのだろう。

香弥子夫人は夫の革靴の向きを変えて、揃え、

「お疲れでしょ。主人のあとでシャワーを浴びてくださいな。その前に、寝室に案内しますね……」

いそいそと廊下を歩いていく。

中肉中背だが、ガウンに包まれた尻はむっちりと張りつめ、スリッパを履《は》いた足首は細く、ふくら脛《はぎ》の形がいい。

翔平はいまだ童貞だが、なぜか、物心ついたときから、女性への観察力は高い。

連れていかれたのは、一階にある八畳、床の間付きの和室で、すでに一組の布団が敷いてあった。

「スーツをお脱ぎになってください。窮屈でしょ」

香弥子がハンガーを手にした。

部長夫人に申し訳ないと思いつつも、よれよれのスーツを脱ぐと、香弥子がそれをハンガーにかけて、ブラシで汚れを取ってくれる。

こんなことをされたのは生まれて初めてだ。ジーンときた。

「ズボンはご自分でなさってくださいね。パジャマはこれを使ってください。大丈夫ですよ、主人のものではありませんから……リビングでお水でも飲まれますか？　だいぶ、酔っていらっしゃるようですし」

「ああ、いえ、お構いなく。申し訳ないです」

「いいのよ。主人からは部下にはやさしくするように言われていますから。かえって、わたしが怒られてしまいます」

「……そういうことでしたら」

翔平は真新しいパジャマを持って、夫人とともに部屋を出る。

佐久部長は部下からの信も厚い。その理由がひとつわかったような気がした。

この夫人だ。香弥子夫人が、内助の功をしているのだ。

リビングのソファに座り、夫人の用意したミネラルウォーターをごくごく飲んだ。

その間も、香弥子夫人はオープンキッチンのカウンターの向こうから、翔平を見て、にこにこしながら言った。

「翔平さん、でしたね？　あなた、とっても感じのいい方ね。主人があなたを見込んだ理由がわかるような気がするわ」

「ああ、いえ……とんでもない。俺、よく頼りないって言われますし……」

「頼りない、ね……それはたんに経験の問題よ。経験を積んで仕事をひとつひとつこなしていけば、自然に自信がつくものよ。それに……その頼りない感じが女心をくすぐるってこともあるかもよ」

香弥子が艶《なま》めかしい目で、翔平を見た。

ドキッとしたそのとき、佐久部長がリビングに入ってきた。

「悪いな。髪を洗っていて、遅くなった。お前も早くシャワーを浴びて、寝たらいい。じゃあな……香弥子、あとは頼むぞ」

「はい……」

パジャマ姿の部長がかるく手をあげて、リビングを出ていく。香弥子が微笑《ほほえ》みながら声をかけてきた。

「シャワーを浴びていらしたら」

「はい、ご厚意に甘えさせていただきます」

翔平はバスルームでシャワーを浴び終えると、一日つけていた下着はつけずに、パジャマを着た。

リビングはすでに明かりが消えていて、夫人ももう二階にあがったのだろうと思った。

3

一階の和室で、ふかふかの布団に大の字になった。

酔いもだいぶ覚めていたし、リスペクトしてやまない佐久部長の家に泊めてもらっているという昂揚《こうよう》のせいか、なかなか眠れない。

布団の上を輾転《てんてん》としていると、足音が近づいてきて、ドアが音もなく開いた。

ハッとして見ると、部長夫人が入ってくるところだった。

「シーッ！」

と、長い人差し指を唇の前に立て、夫人がガウンを脱いだ。

目を見張った。

枕元に置かれたランプの黄色い光が、白く、すけすけのネグリジェをぼんやりと照らしていた。

しかも、ところどころにレースがあしらわれたシースルーの布地からは、胸のふくらみの突起や下腹の翳《かげ》りのようなものが透《す》け出しているのだ。胸元も大きく開いていて、まさに眼福だった。

淡く透けて見える下腹部を目にした途端に、翔平のイチモツは一気にふくらんでくる。

（どうして香弥子さんが、ここに？　まさかな……）

翔平は言葉をかけることもできずに、ひたすら三十九歳の部長夫人の動向を見守ることしかできなかった。

香弥子は翔平がかぶっていた布団を剝《は》いで、右膝を足の間に入れて翔平の右足をまたぐと、覆《おお》いかぶさってきた。

両手を突き、上からじっと翔平を見おろして、きゅっと口角を吊りあげた。

その艶《あで》やかな表情に、翔平は魂《たましい》を持っていかれそうになった。

生まれて此《こ》の方《かた》、こんなに優雅で、セクシーな女の表情は見たことがない。

香弥子は垂れさがったウエーブヘアをかきあげて、片方の耳にかけ、少し顔を傾けながら、顔を寄せてきた。

翔平の頬《ほお》についばむようなキスを繰り返し、ついには唇にキスをしてくる。

「……………！」

翔平はどうしていいのかわからない。

童貞ではあるものの、キスの経験だけはある。しかし、これはたんなるキスではない。相手は、取締役昇進がほぼ決まっている部長の奥さまなのだ。

（マズいぞ、こんなところを部長に見られたら、俺は、終わる……！　だいたい、どうして香弥子さんが俺なんかと？）

頭のなかが大混乱に陥っている。だが、そんな気持ちとは裏腹に、股間のものはぐんぐんエレクトして、パジャマのズボンを突きあげてしまう。

それがわかったのか、香弥子が唇を合わせながら、ズボンのなかへと手をすべり込ませてきた。

（あっ……！）

ひんやりした指がじかにイチモツを握ってくる。

（くわわわっ……！）

翔平は頭のなかで吼《ほ》えた。

女性におチンチンを握られたのは初めてだ。

しかも、香弥子のキスは徐々に濃厚になってくる。上と下の唇の内側をなぞっていた舌が、口腔《こうこう》へとすべり込んできた。びっくりして逃げる翔平の舌をとらえて、ちろちろと舌先をからませてくるのだ。

そうしながら、下腹部のイチモツをぎゅっ、ぎゅっと握りしごく。

（ああ、これは天国か、地獄か……）

まるで天国に昇っていくような快感だ。だが、この後には、地獄が大きな口を開けて待っているのに違いない。

なぜなら、この人は自分の運命を決めかねない部長の奥さまなのだ。

（こんなことがばれたら、俺は……だけど……ぁあああ、気持ちいい。おチンチンが蕩《とろ》けながらふくらんでいくみたいだ。甘い吐息とぬるぬるした舌が……ぁあ、もう、どうなったっていい。気持ち良すぎる！）

香弥子がキスをやめて、微笑みかけてきた。

「すごいわね。おチンチンがビクビクッて……」

「ああ、すみません……俺、あの……いや、いいんです」

「俺、何なの？　言いなさい。そうしないと……」

香弥子が勃起《ぼっき》から指を離した。たぶん、言わないともうしてあげないという意味だろう。それはいやだ。もっとつづけてもらいたい。

「……じつは、俺……あの……初めてなんです」

恥を忍んで言った。

「初めてって……童貞ってこと？」

「はい……」

「じゃあ、おチンチンを触られるのも？」

「はい……初体験です」

香弥子は少しの間、何かを考えているみたいだったが、やがて、にこっとして言った。

「責任重大ね。でも、大丈夫よ。わたしに任せて……悪いようにはしないから」

香弥子は上体を立てて、翔平のパジャマのボタンをひとつ、またひとつと上から外していく。

パジャマの上を脱がすと、今度はズボンに両手をかけて一気に引きおろし、足先から抜き取った。

全裸に剝《む》かれた翔平の下腹部では、自分でも信じられないほどの角度で、イチモツがいきりたっていた。

「あらあら、すごい……若い男の子って、こんなになるのね」

にこっとして、香弥子がそそりたつものを握った。

それをゆっくりとしごきながら、胸板にキスをする。ちゅっ、ちゅっと唇を押しつけ、さらに、乳首を舐《な》めてきた。

細くて長い女の舌で上下になぞり、横に弾《はじ》く。そうしながら、下腹部の勃起をぎゅっ、ぎゅっとしごいてくれるのだ。

天国だった。

しかし、どうしても訊いておきたいことがある。思い切って、言った。

「あの……」

「なあに？」

「こ、こんなことなさって……佐久部長に、もし、ばれたら……奥さまも俺も、その……」

「主人は、いいの」

「えっ……？」

「これはここだけの話にしてね。じつは、主人には愛人がいるの。不倫しているのよ」

翔平は呆気《あっけ》にとられて、言葉を失った。

（部長が不倫している？）

あり得ると思った。モテモテの部長なら、愛人がいないほうが不思議なくらいだ。しかし、それを妻が知っているとなると——。

翔平はこの事態をどう受け止めていいのかわからない。

「事実なのよ。だから、いいの。わたしが浮気しても、フィフティフィフティでしょ。まだ心配？　大丈夫。主人は酔っぱらって寝たら、朝まで起きないわ。それに、わたしは絶対に口外しないから。だってそうでしょ。そんなことしたら、わたしの立場だって危うくなるもの……どう、少しは安心した？」

翔平を潤《うる》んだ瞳で見ながら、香弥子はギンギンになったイチモツを握り、しごいてくる。

「……でも、俺でいいんですか。奥さまのような方がどうして俺なんかと？」

「ふふっ……わたし、謙虚な男が好きなの。きっと、傲慢《ごうまん》な主人に接してる反動なんだわ……きみのような頼りない男の子を前にすると、かわいがりたくなっちゃう。きみは、わたしのタイプなの。わかった？」

「は、はい……ぁあああ、うあっ！」

翔平は自分でもいやになるくらいの声をあげていた。

香弥子が勃起をいきなり頰張《ほおば》ってきたのだ。

生まれて初めて体験するフェラチオだった。

（ああ、くっ、温かい……何だ、このねろねろと動いているものは？）

翔平はおずおずと顔を持ちあげて、下半身を見た。

足の間にしゃがんだ部長夫人が黒髪を垂らして、イチモツを咥《くわ》えていた。モジャモジャした陰毛の向こうで、ふっくらとした唇がO字にひろがって、ゆったりと上下にすべっていく。

そして、白いシースルーのネグリジェの胸元が垂れて、そこから、真っ白な乳房の二つのふくらみが見える。

香弥子がいったん吐き出し、裏のほうに舌を這《は》わせているのを見て、さっきのねろねろの正体がわかった。

（あれは、香弥子さんの舌だったんだ。フェラチオって、ただ吸ったり、擦《こす》ったりするんじゃなくて、舌をからめたりもできるんだ!)

そのとき、香弥子が垂れ落ちたウエーブヘアをかきあげて、アーモンド形の目で翔平を見た。

裏のほうを舐めながら、その効果を推《お》し量《はか》るような目で翔平を見て、訊いてきた。

「どう、初めてのフェラチオは?」

「き、気持ちいいです……夢みたいです」

「こうしたら、もっと良くなるかもよ」

香弥子はふたたび下を向いて、肉棹《にくざお》を咥え、ゆったりと顔を打ち振る。そうしながら、翔平の若干余り気味の包皮をぐいと押しさげてくれている。

そのせいか、剝きだしになった亀頭冠《きとうかん》がすごく気持ち良くて、そこを柔らかい濡れた唇で上下に素早く擦られると、甘い快感がジーンとした切迫したものに変わった。

「ぁあああ、くっ……ダメです。ぁああ、出ちゃう!」

思わず訴えていた。すると、香弥子は肉の塔をちゅるっと吐き出した。

その際に、唾液のしずくがぽたりと落ちて、香弥子の手の甲に付着した。それを香弥子はキスをするように舐め取り、翔平をちらりと見る。

悪戯《いたずら》っぽい目が、とてもキュートだ。

それから、香弥子が這うような姿勢で、胸のふくらみを寄せてきた。

「尖《とが》っているところを舐めて……恥《は》ずかしいから、ネグリジェの上からね」

翔平はごくっと生唾を呑む。

香弥子がさらに胸のふくらみを寄せてきた。

「こ、こうですか？」

翔平はおずおずと胸のふくらみをネグリジェごとつかんだ。すると、シルクタッチのすべすべした生地が張りつめて、ふくらみの中心より少し上にぽちっとした突起が浮かびあがった。

「いいのよ……あああ、舐めて、ねえ、早くぅ」

香弥子が我慢できないとばかりに、胸を押しつけてきた。

翔平はすぐさま頂《いただき》にしゃぶりついた。

柔らかな肉層の中心にそれとわかるほどに硬くなった突起があって、そこを頬張った。チューッと吸うと、

「ああんっ……！」

香弥子が低く喘《あえ》ぎ、がくんと顔を振りあげる。

（えっ、今、感じたのか？）

初めての翔平には、女性の反応というものがよくわからない。わからないまま、今度は舐めてみた。

いっぱいに出した舌で唾液をべっとりと塗り込めるように突起を上下になぞると、

「ぁあああああ……」

香弥子が甘えたような声を洩《も》らして、

「上手よ、その調子……余裕ができたら、両方の乳首を一緒にかわいがってもいいのよ。そのほうが、女性は感じるから」

とろんとした目を向けてくる。

さっきまでとは、まったく顔の表情が違う。涙ぐんだように瞳が濡れているし、どこかぼうっとして焦点を失っているようで、それがすごく色っぽい。

翔平は今の言葉を頭に刻《きざ》み、薄い生地の上からでもそれとわかるほどに硬くせりだしている乳首を指で転がしながら、もう一方を舐めた。

次は反対側を舐め、もう一方を指で捏《と》ねる。

唾液が沁《し》み込んで、色づいた乳首がくっきりと透け出てきた。左右の乳首の周囲だけがぴったりと張りついて、その形を浮かびあがらせているのだ。

（エロい……エロすぎる！）

大昂奮しながら、さらにいじり、舐めているうちに、香弥子の気配が変わってきた。

「ぁあああ、あうぅぅぅ……」

右手の甲を口に当てて、必死に喘ぎを押し殺しながらも、くなり、くなりと腰をくねらせている。

（感じているんだな……きっと、そうだ！）

翔平のような初心者の下手くそな愛撫を受けながらも、こんなに性感を高まらせるのだから、きっと、部長とはセックスレスに違いない。それとも、もともとすごく敏感な肉体を持っているのかもしれない。

だが、そんなことはどっちだっていい。とにかく、自分ごときの愛撫で部長夫人が感じてくれていることに、翔平は感激し、昂奮した。

4

「ぁああ、もう我慢できない」

そう呟《つぶや》いて、香弥子はちらりとドアのほうを見た。耳を澄まし、人の気配がないことを確かめたのだ。

向かい合う形で、翔平の下腹部をまたいだ。

いまだに胸のひろく開いた白いレース刺しゅう付きネグリジェを着ているのが残念だ。だけど、両方の乳首が円く濡れて、ネグリジェから透け出た姿は充分にいやらしい。

香弥子が裾《すそ》をはしょるようにまくりあげたので、むちむちした肉感的な太腿《ふともも》と、縦に長い陰毛の黒々とした繁みが目に飛び込んできた。

そして、香弥子は蹲踞《そんきょ》の姿勢で、いきりたつものをつかんで、ゆっくりと腰を前後に揺すった。すると、膨張しきった先っぽがぬるっ、ぬるっと濡れた箇所をすべっていき、

「ぁああ、気持ちいい……入れるわよ。このこと、夫には内緒ね」

一転して真剣な表情で見つめてくる。

「も、もちろん、絶対に言いません」

翔平はきっぱりと言う。

たとえ相手から誘ってきたとはいえ、自分は部長夫人と合体するのだ。それが許されないことは、わかりすぎるくらいわかっている。

しかし……。

さしせまった性欲の前では、道義心などなきに等しい。それを、翔平は初めて身をもって知った。

「……童貞にサヨナラしよう。いいわね？」

「はい！」

翔平はもう早く童貞を捧《ささ》げたくてしようがない。

香弥子が一瞬下を向いて、亀頭部をそこに押しつけ、静かに沈み込んできた。

切っ先が柔らかな入口を押し広げていく確かな感触があって、窮屈なところを突破して、あとはぬるぬるっと嵌《は》まり込んでいくと、

「うあっ……！」

香弥子が顔をのけぞらせる。

「くっ……！」

と、翔平も奥歯を食いしばっていた。

そうしないと暴発してしまいそうだ。それほどに、初めて体験する女性の膣《ちつ》のなかは気持ち良すぎた。

まだ香弥子は腰を動かしていないのに、オマ×コの粘膜がおチンチンを搾《しぼ》り取ろうとでもするように波打ち、くいっ、くいっと奥へと吸い込む。まるで、もっと深いところにちょうだい、とでもいうようにだ。

「大丈夫？」

香弥子が上から心配そうに訊いてきた。

「あ、はい……いえ……あっ、大丈夫です」

「ふふっ……我慢せずに出していいからね。わたし、妊娠しない身体なの。だから、安心して出していいのよ……」

そう言って、香弥子が腰を振りはじめた。

両膝をぺたんとシーツに突いて、腰を前後に揺すりながら、しゃくりあげてくる。

「ああ、くっ……！」

翔平は声をあげてしまい、あわてて口を手で封じる。

ここは尊敬する佐久部長の家なのだ。それを忘れてはいけない。

香弥子はそんな翔平の様子をうかがいながら、腰を揺すり続ける。その動きが徐々に激しいものに変わって、

「んっ……あっ……んっ……ぁあああ、感じる……きみの、硬い……カチンカチンがわたしのなかを……ぁあああ、うはっ……」

香弥子は手のひらを口に当てて、声を押し殺した。

はっきりとはわからないが、この様子から推して、香弥子は感じてくれているのだ。翔平のおチンチンを咥え込み、上になって自ら腰を振って、高まっているのだ。

さっきまで淑やかでやさしかった夫人が、今はもう我を忘れたように激しく腰を振り、必死に声を押し殺している。

（ああ、すごい。セックスってすごい！）

だが――。

その激しい腰振りに、翔平のほうがあっという間に追い込まれた。

締めつけられた肉棹が揺さぶられるたびに、オマ×コの入口がぎゅっ、ぎゅっと締まり、さらに、奥のほうの扁桃腺《へんとうせん》みたいなふくらみが亀頭冠の凹《へこ》みにからみ

つきながら、擦りあげてくるのだ。

「ああ、ダメです。出ちゃいます！」

ぎりぎりで訴えると、香弥子は動くのをぴたりとやめ、腰を持ちあげて、肉棹を外した。

それから、布団に仰向《あおむ》けに寝て、曲げた両膝を自分でつかんで、押し開いた。

ネグリジェの裾がめくれて、むっちりとした太腿とその奥の翳り、そして、ひろがった花芯さえはっきりと見える。

「来て……これなら、自分で加減できるでしょ。やり方、わからない？」

香弥子が下から見あげてくる。

そのエロすぎる格好にドキドキしながらも、

「だいたい、わかります」

そう答えて、翔平は挑みかかる。

膝を抱えてひろげてくれているので、びらびらの奥にピンクにぬめる美しい粘膜がのぞき、その下のほうに小さな孔《あな》のようなものがある。

（そうか、これが憧れつづけたオマ×コか……左右対象で、すごくきれいだ。でも、ぬらぬらして、びらびらがひろがって、おチンチンを早く欲しいと言ってい

るようで、すごくいやらしい)

翔平は自分の勃起をつかんで導き、挿入《そうにゅう》しようとする。しかし、ぬるっとすべってしまい、ちっとも入らない。

(ああ、マズいぞ)

焦《あせ》った。そのとき、香弥子の長い手がすっと伸びてきた。

いきりたちをつかんで、自らの膣口に導き、

「ここよ。このまま、ぐっと来て……そうよ、そう……そのまま……はぁあああうぅぅ」

香弥子は勃起をつかんでいた手を放し、のけぞりながら、手の甲を口に当てる。

(ああ、気持ちいい……!)

さっきとは微妙に違う挿入感に、翔平は酔いしれる。

ピストンしたら、またすぐに射精してしまいそうになるに違いない。だが、自分はもっと気持ちよくなりたい。

膝をつかんで、おずおずと腰を入れて、引くと、

「ぁああ、いい……!」

香弥子は膝から手を放して、右手を口に当て、左手でシーツをつかんだ。

「いいのよ、来て……突いて」

『はい』と心のなかで答え、翔平はゆっくりと腰を突き出し、引く。

それを繰り返していると、とろとろの粘膜が適度な圧力でもって肉棹を包み込んできて、ぐっと快感が高まった。

(ダメだ。我慢だ。せっかくのチャンス。もう少し頑張って、香弥子さんを!)

そう思って、静かなストロークを繰り返す。

だが、それは長くつづかなかった。突くたびに、

「あんっ……あんっ……ぁあああ、いいの、いいの……あうぅぅ」

と、香弥子が繊細《せんさい》な顎《あご》をせりあげ、シーツをぎゅっとつかむからだ。

(女の人って、こんなに色っぽくなるのか)

もっとゆっくりとピストンしたかった。だが、ごく自然に打ち込みのピッチがあがってしまう。こんなことをすれば、出してしまうのがわかっているのに。

「ぁああ、ダメだ。出そうです!」

思わず訴えると、

「待って……」

香弥子がちらりと翔平を見あげ、それから、左手をネグリジェの襟元《えりもと》からなかにすべり込ませて、じかに乳房をつかんだ。

それから、右手をおろしてきて、翳りのなかの小さな突起に中指を添えて、くりくりと転がしはじめた。よく見ると、左手でも乳首を二本の指で挟んで、捏ねている。

「ゆっくり突いて……そう、そうよ、しばらくそのままで……」

香弥子に言われるままに、翔平はゆるく腰をつかう。これなら、なんとか持ちそうだ。その間にも、香弥子は乳首を捏ね、クリトリスを擦りながら、高まっている。

（そうか……きっと香弥子さんもイキたいんだな。だから、こうやって……）

一瞬、翔平は耳を澄まし、部長が起きてこないか、家中の気配をうかがった。

大丈夫だ。家は静まり返っている。聞こえてくるのは、

「あっ……くっ……ぁあああ、あああああ、いいのよ。いいのよ……ぁああ、ああうぅぅ」

という香弥子の押し殺した喘ぎ声だけだ。

その部長夫人の動きが逼迫《ひっぱく》してきた。ネグリジェの襟が押しさげられて、乳房

が見えていた。たわわで丸々として、青い血管が透け出るほどに色白の肌が張りつめている。

香弥子は左手で右の乳房をぐいとつかみ、人差し指で乳首をノックするようにしながらも、右手ではクリトリスをくりくりとまわし揉みして、

「ぁあああ、イキそうよ……今よ、ちょうだい。思い切り突いて……そうよ、そう、もっと……子宮が破れるくらいに！」

翔平を見あげて、言う。

（よし、今だ。やってやる！）

翔平は、香弥子の両膝の裏をつかんで持ちあげ、開きながら押しつけ、渾身《こんしん》のストロークを叩き込んだ。

バスッ、バスッと音がして、屹立《きつりつ》が深いところに潜り込んでいき、

「うんっ……うんっ……うんっ……ぁあああ、イキそう。きみも来て……いいのよ、出して……来て、来て……ダメ、ダメ、イッちゃう……イク、イク、イキます……やぁあああぁぁぁ、うぐっ」

香弥子がのけぞって、がくん、がくんと躍りあがりながら、洩れてしまった絶頂の声を両手を口に当てて、抑えている。

とろとろの粘膜が痙攣《けいれん》しながら、イチモツを奥へ引き込もうとする。

「ああ、出る、出ます。うあっ！」

駄目押しとばかりにもうひと突きしたとき、翔平も放っていた。

ブシュッ、ブシュッと熱い男液が迸《ほとばし》っていく心地よさに全身が包まれる。

頭の芯がツーンと痺《しび》れ、下半身が蕩けていくようだ。

いつもひとりでやっているときとは全然違った。

しかも、射精する間も、部長夫人の膣はきゅっ、きゅっと締まって、残りの精液をすべて搾り取ろうとでもするようにうごめくのだ。

放ち終えて、全エネルギーを使い果たした気分で、ぐったりと覆いかぶさっていく。

すると、香弥子は翔平の髪を撫でて、

「頑張ったわね。わたし、ちゃんとイッたのよ。偉いわ、翔平」

そう褒《ほ》めてくれた。

しばらくぐったりとしていた翔平もさすがにこれでは重いだろうと、結合を外して、すぐ隣にごろんと横になる。

香弥子は上体を起こし、ガウンをはおってから訊いてきた。

「ねえ、きみ、LINE《ライン》してる？」

「はい、しています」

「じゃあ、交換しようか」

香弥子がガウンからスマホを出した。

（いいのか、こんなことして？　もし部長にばれたら……）

当然のごとく不安になったが、すぐに思い直した。ばれなければいいのだ。

二人はLINEの交換をする。

「わたしはシャワーを浴びてから、寝るわ。明日の朝はどうする？」

「俺は……合わせます」

「そう……じゃあ、主人より早めに起こすわね。朝食を摂ってから、帰りなさい。いいわね」

「はい……」

「ふふっ……素直ね。そういうところが好きよ」

香弥子は、翔平の額《ひたい》にちゅっとキスをし、ガウンに包まれた尻を振って、部屋を出ていった。

第二章　紅葉風呂で手ほどき

1

小谷翔平は着物美人とともに、新幹線ののぞみ号で京都に向かっていた。

グリーン車のゆったりしたシートの窓際に座っている彼女は、普段のウエーブヘアを和服に合うように結《ゆ》いあげて、いつも以上に優雅だ。

女は佐久香弥子。Sホームの佐久営業部長の夫人である。

（何でこんなことになっちまったんだ。部長の奥さまと不倫旅行なんて、シャレにもならない。ばれたら、きっと俺、部長に半殺しにされる。苦労して入った会社なのに、速攻で追い出される……）

翔平は頭を抱えたくなる。

香弥子夫人もそんなことは重々承知のはずなのに、懸念など、おくびにも出さず、目を細めて窓外《そうがい》の流れ去っていく景色を眺めている。

きれいな人にだけ許される、その流麗な横顔につい見入ってしまう。

二週間前に、LINEにメッセージが入った。

『京都から天橋立《あまのはしだて》、城崎《きのさき》を巡る旅をしたいから、それに付き添っていただけませんか？　ボディーガード役みたいなものね』

メッセージを読んで愕然《がくぜん》とした。そりゃあ、自分としてはうれしい。自分を男にしてくれた夫人と京都に行けるのだから……。

しかし……。おずおずとメッセージを返した。

『佐久部長はご存じなんですか？』

すぐにこう返ってきた。

『わたしが京都に旅行するのは知っています。でも、翔平にお供を頼むことは知りません。伝えるつもりもありません』

『それでは、無理です』

『だったら、あのことを主人にばらしますよ。あの、きみとの一夜を。きみが無理やり……って。それでいいのかしら？』

『待ってください。今、電話かけます。大丈夫ですか？』

『はい』

オフィスにいた翔平は、席を離れ、会社ビルの非常階段に出た。ここなら、まず他人に聞かれることはない。

ＬＩＮＥ電話をかけると、すぐに、香弥子が出た。

「翔平です。俺、香弥子さんに童貞を捧げたことを光栄に思います。すごく感謝しています。最高でした。でも、部長にそれを伝えられたら困ります」

必死に言った。

『だったら、京都につきあうしかないわね。Ｓホームは確か、十一月二十日の土曜日から二十三日の勤労感謝の日まで、住宅展示場に関わる人を除いて、四連休になるはずよね』

「はい……」

『きみも四連休のはず。違う？』

「……そう、です」

なぜか夫人は翔平の会社の休日事情を知っている。おそらく、さり気なく夫から聞き出したのだろう。

『じゃあ、大丈夫。ただひとつ、お願いがあるの。最終日の二十四日は姫路《ひめじ》城《じょう》を見てから、その夜に、姫路から寝台特急のサンライズ瀬戸《せと》で帰る予定なの。だから、二十四日だけ追加で休んでほしいの。一日くらい休めるでしょ』

「ああ、いや……たぶん……。今、サンライズ瀬戸って、おっしゃいましたが、それって、サンライズ出雲《いずも》と合体するあの寝台列車のことですよね？」

翔平は前から一度、寝台列車に乗ってみたかった。気持ちが大いにかたむく。

『そうよ。ツインの客室を取ってあるの。二十五日には、朝の七時ちょっと過ぎに東京に着くから、そのまま、出社できるでしょ。一日休むだけでいいの』

翔平はバッグをどうしようかと一瞬考えたが、たいした問題ではない。

『もう宿も取ってあるし、チケットも二人分買ってあるの。わたしにひとりで行かせるつもり？』

「いえ、それは……」

翔平の頭に閃《ひらめ》いたものがあり、それを告げた。

「それって……もしかして、部長と一緒に行こうと思って、予定を立てられたんじゃないですか？」

『違うわよ。バカなことを言わないで！』

スマホの向こうから怒気をはらんだ声が飛んできて、翔平の肝っ玉は縮みあがる。

「す、すみません。申し訳ありませんでした」

すぐに謝ると、香弥子の機嫌が直った。

『その五日間で、翔平を男として鍛えてあげる。もちろん、ベッドのなかでも……それでも、遠慮する？　女に恥をかかせるようなことはしないわよね』

香弥子の言葉が決定打となった。

「い、行きます。行かせてください」

『ふふっ……そうこなくちゃ、男じゃないわ。主人のことは心配しないでいいのよ。女の友人と一緒だと言ってあるから、安心しなさいな。翔平はわたしがきちんと護ってあげます。だから……いいわね？』

「はい！　お供させていただきます」

そのとき、翔平の脳裏によぎっていたのは、宿の部屋で浴衣《ゆかた》姿の香弥子に向かって、思い切り腰を叩きつけている自分の姿だった。

「見て、富士山よ」

香弥子が言う。車窓から、秋の澄みきった青空の底で、裾《すそ》を長く引く富士山独特の姿がはっきりと見える。

「ああ、きれいですね。こんな富士山は見たことがありません」

翔平はそう言いながらも、富士山よりも香弥子の横顔に見とれていた。

いや、横顔と言うより、後ろ顔と言ったらいいのか。黒髪が結いあげられて、楚々《そそ》としたうなじがのぞいている。後れ毛と、すっきりした首すじ……。左右には鬢《びん》が垂れていて、それがまた色っぽい。

着物の種類はさっぱりわからないが、香弥子は『友禅《ゆうぜん》の付下《つけさ》げ』だと言っていた。穏やかなクリーム色で秋草の裾模様が斜めに入っている。

合繊《ごうせん》だから、簡単に洗えるし、皺《しわ》もつきにくいのだとも言っていた。

さっきからすごいなと思っていたのは、その姿勢の良さだ。きっと、帯の結び目を乱したくないから、凜《りん》として背筋を伸ばしているのだ。せっかくのグリーン車の座席なのだから、凭《もた》れたら快適なのにそうしない。

「ゴメンなさい。お手洗い……翔平は、窓側の座席に移っていて。じゃあ、行ってくるわね」

香弥子が席を立ち、和風ハンドバッグを持って、後方のトイレ部分に向かう。

（どうして、俺が窓側なんだろう。気を使ってくれているのかな？）

などと頭をひねっているうちに、香弥子が戻ってきた。

「ゴメンなさい。ちょっと膝《ひざ》が冷えて」

座席につき、乗る前に肩にかけていた焦げ茶色の大きめのショールを膝にかけ、肘掛《ひじか》けをあげ翔平の膝にもかけてくれる。

ビロードだと言っていたが、やはり、温かくて、感触もいい。

（やさしいんだな……）

最初はそう思った。しかし、違った。

「ちょっと眠いの。肩を貸してもらうわね」

香弥子が身体を寄せてきた。

翔平の左肩に顔をつけたそのとき、香弥子の右手がショールのなかにすべり込んできた。

（えええええっ……！）

翔平は思わず周囲を見渡してしまった。ここはグリーン車の最後部の席だから、後ろを気にする必要はない。そして、運のいいことに、二人の座席の通路を隔てたシートに客はいなかった。

「前だけを見ていて……人が来たら、教えて」

香弥子はそう耳打ちすると、ズボンの股間を静かにさすりだした。

しなやかで長い指が股間を柔らかく撫《な》でてくる。いきりたつものの形を確かめるように、何本かの指がそれを握ってきた。

ビロードのショールが卑猥《ひわい》に波打っている。

香弥子はぎゅっ、ぎゅっと強弱をつけて握り、それから、ズボンに接した亀頭《きとう》部《ぶ》を指腹でゆるゆると撫でまわすのだ。

（あああ、くっ……気持ち良すぎる）

敏感な亀頭部から、ぞわぞわっとした快感が流れ、ひとりでに腰が浮きあがった。さらに握りしごかれて、

「くっ……あああ」

思わず声をあげると、香弥子が「シーッ！」と口の前に人差し指を立てた。

翔平はこくこくとうなずく。

次の瞬間、社会の窓のファスナーが静かにさげられ、そこに、香弥子の指が忍び込んできた。長い指が前開きのブリーフから器用にイチモツを取り出し、それを握ると、静かにしごきだした。

信じられなかった。

自分は今、部長夫人に新幹線のグリーン車で、ひそかにおチンチンを握られ、

しごかれているのだ。

焦げ茶色のショールが指の上げ下げのたびに波打っている。

(ショールをかけてくれたのも、このためだったのか……。何だ、これは……あ、そうか、先っぽが柔らかくて、すべすべしたビロードにじかに触れてるから……おお、気持ち良すぎる!)

ゆっくりと上下に擦《こす》られるだけで、ここは天国か、と思うほどの快感がうねりあがってくる。

(出そうだ……いや、ダメだ。このまま出したら、香弥子さんの大事なショールを白濁液で汚してしまう)

ここは緊急事態を訴えなければならない。

「出ちゃいます」

髪が結われて、剝《む》き出しになった耳元で囁《ささや》く。

と、香弥子は一瞬、ちらりと前を見て、通路を歩いてくる者がいないことを確認した。それから、翔平の手をつかんで、自分の膝にかかっているショールの下へと導く。

香弥子は左手をショールのなかに入れて、素早く着物と長襦袢《ながじゅばん》の前身頃《まえみごろ》をまくりあげた。さらにぐいと引っ張られて、翔平の左手は太腿《ふともも》にじかに触れる。

(ああ、すべすべで、むちむちだ!)

新幹線のなかで触れる夫人の柔らかな太腿に感じ入っていると、

「いいのよ、触って。あそこを……じかに」

香弥子が耳打ちしてくる。

翔平はごくっと生唾を呑《の》み、もう一度前を確かめる。大丈夫だ。通路を歩いてくる人はいない。

左手をおずおずと這《は》わせ、指の先が下を向く形で太腿の奥に触れた。下着はつけていない。愛玩動物の毛みたいに柔らかな恥毛を感じる。中指をそっと添えると、ぐちゅっと狭間《はざま》が割れて、

「んっ……!」

香弥子はがくんとして、左手を口に当て、喘《あえ》ぎ声を押し殺した。翔平が固まっていると、

「いいのよ、好きなようにして……」

耳元で囁いて、大きく足を開いた。ショールの動きで、香弥子の足の角度がわかる。四十五度くらいか……。

翔平はおずおずとさすりはじめた。

ただでさえ濡れていたところがますます潤《うる》んで、ぬるっ、ぬるっと指がすべる。

「くうぅぅ、くうぅぅ……」

香弥子は必死に声を嚙《か》み殺しながらも、自分で腰を振って、もっととばかりにせがんでくる。

目を閉じて、時々、長い睫毛《まつげ》に縁取られた目を瞬《しばた》かせる。陶酔《とうすい》した表情を見せ、いやいやをするように首を左右に振る。

香弥子が耳打ちしてきた。

「ちょうだい、指を……」

翔平はもう一度、前を向いて通路を確かめ、中指を第二関節から折り曲げながら、ぐっと押し込んでいく。

とても窮屈な箇所に指がぬるぬるっとすべり込んでいき、

「あぐっ……！」

香弥子が顔を上げた。

翔平はもう夢中になって指を抜き差しする。鉤形《かぎがた》に曲げた中指で温かい粘膜を

擦り、上のほうを叩くようにすると、ぐぢゅ、ぐぢゅとわずかに音が聞こえて、

「くっ……くっ……くぅぅぅ」

香弥子は声を押し殺しながら、のけぞる。そうしながら、ショールの下に潜らせた右手で、翔平の肉柱を握りつづける。

ぎゅっと握りしめ、急《せ》かすように上下に擦りたてる。

そのとき、新幹線がすれ違った。「ヒュン、ヒュン、ヒュン」と風切り音がして、あっという間に上りの車両が通りすぎていく。

香弥子はもう何が何だかわからないといった様子で、がくがくと震えている。きっと、イクのだろう。

(よし、今だ!)

翔平が激しく中指をピストンしながら、上側を引っかいたとき、

「……くっ!!」

香弥子ががくんとして顎《あご》をせりあげ、翔平に身を預けてきた。

小刻《こきざ》みに震えているから、きっと昇りつめたのだ。

そのとき、かなり前の席から立ちあがった中年の紳士が通路を歩いてきた。ちらっと二人に視線を向けて、通りすぎていく。トイレに立ったのだろう。

（あの人に、俺たちはどう映っただろうか。膣《ちつ》から指を抜いていたから、そう不自然な感じはしなかったはずだ。いや、それより三十九歳の優美な着物姿の女性と、ラフなジャケットをはおった二十三歳の冴えない男の組み合わせをどう見たか。母と息子には絶対に見えないはずだ。やはり、俺は若いツバメか……）

などと考えていると、さっきの紳士が帰ってきて、席についた。

これで、ひと安心だ。さっき富士山が見えたから、次の停車駅の名古屋《なごや》まではまだだいぶ時間があるはずだ。

そう思っていると、香弥子がショールの下でまた指を動かしはじめた。たちまち分身がギンとしてくる。

「人が来たら、合図してね」

耳元で囁いた香弥子が上体を折り曲げて、ショールを外した。そして、グリーン車のなかでいささか場違いな感じでそそりたっているものに、顔を寄せてきた。

それが香弥子の口のなかに消えるのに、二秒もかからなかっただろう。

分身が温かい口腔《こうこう》に包み込まれたと思った次の瞬間、唇がゆっくりと上下にすべりはじめた。

(信じられない。俺は今、新幹線でフェラチオされている)

新幹線フェラなど聞いたこともない。ドライブ・フェラならわかる。そこは二人だけの密室なのだから。しかし、いくら人の少ないグリーン車とはいえ、ここは新幹線の座席であり、乗務員や客が行き来する公共の場所なのだ。

こちらに身体を折り曲げた香弥子のお太鼓に結ばれた帯が見える。そして、結いあげられた黒髪には鼈甲《べっこう》の簪《かんざし》が挿《さ》さっていて、それが、上下に揺れている。

(すごい！　俺、一生に一度の経験をしている)

香弥子は右手で根元を握って、余っている包皮を押しさげ、完全に剝きだしになった亀頭部を柔らかな唇でしごいている。

もちろん音は立てない。しかし、敏感な箇所をまったりとした唇で大きく、素早く擦られると、このうえない快感が湧きあがり、射精前の、あの逼迫《ひっぱく》した感じが押し寄せてきた。

(くうぅぅ……ダメだ。我慢できない)

フットレストに載せた足が突っ張っている。

「出ちゃいます」

黒髪からのぞく耳に顔を寄せ、小声で訴えた。

すると、香弥子は「いいのよ、出して。呑んであげる」とでもいうようにうなずき、さっきより激しく唇を往復させる。しかも、根元を握った指で、ぎゅっ、ぎゅっとしごいてくるのだ。

（ぁああ、天国だ。気持ち良すぎる……ぁあああ、もうどうなったっていい。放ちたい。香弥子さんの口にあれを……）

新幹線が線路を走る振動、空気が飛び去っていく音。そして、かすかに聞こえる、ぐちゃ、ぐちゃというフェラチオの唾音――。

（ああ、出る、出る！　おおぉぉぉ！）

翔平は心のなかで吼《ほ》えた。

溜まりに溜まっていた熱い男液が爆《は》ぜ、それを香弥子は浅く頬張《ほおば》ったまま、こくっ、こくっと軽やかな喉音を立てて呑んでいる。

（すごい、口に溜めずに呑んでる！）

翔平は感動すら覚えた。

（女性の口のなかに出すことが、こんなに気持ちいいことだったとは！）

至福の時間が終わると、香弥子は顔をあげ、ハンカチで付着しているザーメンを拭《ぬぐ》い、

「早くしまって」

翔平の股間を見る。

あわてて肉棹《にくざお》をおさめて、ファスナーをあげた。

「お手洗いに行ってくるわね」

香弥子はハンドバッグをつかんで、席を立ち、トイレに向かう。きっと、洗面所で口をゆすぐのだろう。

（ああ、そうか……パンティも穿《は》くんだな）

さっきお手洗いに立ったのも、きっと、パンティを脱ぐためだったのだろう。そして、今度はパンティを穿く。

（すごい人だ。香弥子さんって、すごい！　俺、最高の女性に男にしてもらったんだ）

左手の中指をぺろっと舐《な》めると、かすかな酸味が感じられて、それが京都での熱い夜を想像させ、あそこがまたむっくりと頭を擡《もた》げてきた。

2

京都駅に到着した二人は、タクシー乗り場へと向かう。その間、翔平は自分のリュックを背負い、香弥子の車輪つきのスーツケースを転がしている。

そして、香弥子はハンドバッグだけを持ち、さっき大活躍したビロードのショールを肩にかけ、すたすたと前を歩いていく。

香弥子のスーツケースは外国旅行のものと同様、大きくて扱いが大変だ。草履《ぞうり》に白足袋《しろたび》を履《は》いて、ぴしっと背筋を伸ばした和服姿で前を歩いていく香弥子は、さしずめ映画スターで、翔平はその付き人と言ったところか。

誰か知人に見つかったらマズいので、ちょっと距離を取って歩く。

しかし、翔平は自分が香弥子の荷物持ちであることをまったくいやだとは感じない。むしろ、誇らしい。

「そこの大きなコインロッカーにスーツケースを入れましょ。そんな大きなものを持って京都を巡るのは大変すぎるでしょ。まだ旅館のチェックインには早いし、いったん駅に戻ってから旅館に向かえばいいわ」

香弥子の言葉に、翔平はなるほどとうなずく。

巨大なロッカーのひとつにスーツケースを入れる。

タクシー乗り場で車に乗り込み、香弥子は運転手に言った。

「北野天満宮《きたのてんまんぐう》の右手にある、桜井屋《さくらいや》さん、ご存じ？」

「ああ、湯豆腐で有名なお店ですね。知ってますよ」

「では、そちらに……」

「承知しました」

タクシーが北野天満宮に向かって、走りだす。

すると、また香弥子はショールを肩から外して、二人の膝にかけ、運転手をうかがいながら、右手でズボンの股間をまさぐってくる。

木々が色づいた東本願寺《ひがしほんがんじ》を左手に見ながら、タクシーは進み、その間も、香弥子はショールの下で、翔平の股間をさわさわと撫でたり、握ったりする。

それをする香弥子はどこか悪戯《いたずら》っ子のような微笑を口許に浮かべて、翔平の反応を愉《たの》しんでいる。

当然、気持ち良くなって、翔平は目を瞑《つぶ》る。すると、香弥子の指づかいが如実に感じられて、ますます快感が増してしまう。

タクシーが到着して、二人は桜井屋で湯どうふとゆば御膳の昼食を摂《と》り、腹ごなしに上七軒《かみしちけん》の街を歩いた。

翔平は初めて知ったが、香弥子のガイドによれば、ここはかつて花街《かがい》として賑わったところで、今も、その面影を残した貴重な場所なのだと言う。

道の両側には細い格子《こうし》の窓が印象的なお茶屋や割烹《かっぽう》が並び、一階にはのれんが二階には簾《すだれ》が垂れさがって、独特な雰囲気が保たれている。

上七軒芸妓《げいぎ》組合という看板の出された家屋や、上七軒歌舞会、お茶屋協同組合と記された建物もある。

かつては客と芸妓で賑わっただろう街を、着物姿の香弥子がしゃなり、しゃなりと歩いていく姿を見ていると、何だかタイムスリップしたような、また、香弥子が芸妓のお姐《ねえ》さまのような気がして、にやにやしてしまう。

その後、二人で北野天満宮を参拝し、もみじ苑へと入っていく。

かつて豊臣秀吉《とよとみひでよし》が築いた『御土居《おどい》』の周囲には数百本の紅葉《もみじ》が植えられ、それらが真っ赤に燃えて、青い空に張り出している。

御土居に沿って流れる紙屋川《かみやがわ》には、散った紅葉が流れ、紅いアーチ形の橋に立つと、緑、黄、赤の色の饗宴《きょうえん》が押し寄せてくるようだ。

坂も多いので、香弥子は翔平の左腕にしがみつくようにして、草履を運ぶ。

「どう、きれいでしょ?」

「ええ、すごい。何か圧倒されます」

「古い木が多いから、立派なのよね。きみのここは、若木だけど立派よ」

香弥子が右手でさっと股間を撫でる。

「くっ……！」

と、翔平が腰を引く。

香弥子は、ふふっと微笑《ほほえ》んで、スマホを取り出して自撮りをはじめた。

だが、自分と紅葉を上手く取り込むのは難しいらしく、苦戦している。見かねて、言った。

「俺が撮りましょうか？」

「……そうね。女友だちと来ていることになっているから、きみが撮ってもおかしくないものね。どこがいいかしら」

「でしたら、そこの紅い橋の真ん中に立って、こっちを向いてください」

「いいわよ」

香弥子が紅いアーチ橋の中央に立って、こちらを向いた。

背景には、黄色と赤色の木々が川にせりだしていて、その中心に立つ香弥子は、クリーム色に秋草の裾模様の入った付下げを着ていて、まるで、どこかの宣伝写真みたいだ。

「撮りますよ」

香弥子がにこっとした瞬間を見計らって、

「つづけて撮りますよ。はい、チーズ！」

翔平は連続してシャッターボタンをタップした。

香弥子が近づいてきたので、画像を見せた。

「上手じゃないの。びっくりした。写真、上手いのね」

「いえ……モデルがいいので。それに、このスマホもカメラの性能が良さそうです。レンズが三つ、ついてるし」

「……きみも撮ってあげようか？」

「いえ、いいです。そんな写真がどこかに出たら、大変です。だから、俺の写真は一枚も撮らなくていいです」

「ふうん……意外に用心深いのね。将来、出世するかもよ。現に、主人には気に入られているしね」

にっこりして、香弥子がまた腕をからめてきた。

3

二人が、北野天満宮から近いところにある妙心寺《みようしんじ》の退蔵院《たいぞういん》の素晴らしい庭園を見て、いったん京都駅に戻り、タクシーで旅館に到着したのは、午後四時半だった。

瀟洒《しょうしゃ》な門構えの日本家屋風の造りを見て、普通の宿ではないと感じていたが、それを実感したのは、一階の部屋に通されたときだった。

和室が二間あって、ひろい。それに、庭には紅葉の木が赤く色づいていて、しかも、半露天の岩風呂のようなものがついているのだ。

これは、明らかに部屋付き露天風呂だ。

(ここ、一晩幾らするんだろう)

翔平がホテルや旅館に泊まるときは、奮発してもせいぜい一万数千円というところだ。

(しかし、ここは……!)

安く見積もっても、ひとり五万円はするだろう。今、仲居さんが食事も部屋でと言っていたから、もしかしたら、もっと高いかもしれない。

(香弥子さんは絶対に、部長と旅行したくてこの豪勢な旅館を取ったんだ)

だけど、部長の愛人問題が発覚して、旅行は中止にしようと思った。そこに翔平が現れ、その童貞を奪って親密な仲になった。

翔平は自分に忠誠を誓っている。だったら、ここはいっそのこと、二人で旅行しようと考えたのだ——。

（これはある意味、自分を裏切った夫を見返すための旅なのではないのか？）

香弥子が言った。

「食事は六時にこの部屋に持ってきてくれるみたいなの。まだ、一時間半あるから、それまでにお風呂につかって汗を流しましょうか？」

「……ああ、はい……」

「じゃあ、服を脱がないとね」

香弥子は襖《ふすま》を閉めて、広縁で帯に手をかけた。シュルシュルッと衣擦《きぬず》れの音をさせて帯を解き、丁寧《ていねい》に畳む。それを見て、翔平もジャケットを脱いで、ズボンをおろす。

香弥子は着物を脱いで、衣紋《えもん》掛《か》けにかけ、それから、長襦袢を脱いでいく。

パンティをおろすと、生まれたままの姿になった。

その一糸まとわぬ後ろ姿は、適度に肉がついているが、ウエストはきゅっと締まり、尻がパンと張って肉感的としか言いようがなかった。

「寒いわ。早く、入りましょう」

香弥子は旅館の白いタオルを持って、サッシを開け、半露天風呂に向かう。

翔平も裸になって、タオルで股間を隠し、あとにつづいた。

岩風呂から白い湯気が立ちのぼっている。

四阿《あずまや》のように屋根がついて、左右と前には目隠し用の柵があって、外部からは見えないようになっている。

そして、柵の内側には一本の紅葉が植えられ、色づいた葉が照明に浮かびあって、いっそう鮮やかで幻想的に見えた。

京都の、この時季のサンセットは四時五十分ごろなので、ちょうど夕陽が沈むのと重なって、周囲は急速に暗くなりはじめている。

半露天風呂には石灯籠《いしどうろう》が置かれ、その明かりが真っ赤に燃えた紅葉をいい感じに照らしている。

そんな薄明かりのなかで、香弥子がかけ湯をしている。

片膝を立てて、股間を素早く洗い、さらに、肩からお湯をかける。

それから、タオルを胸から垂らし、岩風呂に足をちょこんと入れて、

「ちょうどいいわ。先に入るわよ」

香弥子は岩風呂につかって、前を向く。

その姿をドキドキして眺め、翔平もかけ湯をして、岩風呂に足をつける。

「こちらにいらっしゃい」

香弥子に手招かれて、翔平はおずおずと隣に腰をおろす。

湯につかるときタオルを外したが、その頃には、もう股間のものはいきりたっていた。

「ふふっ……」

香弥子はやんわりとした笑みを口許に浮かべ、お湯のなかでイチモツを握ってきた。

「すごいわね。あっという間に、こんなにして……新幹線で出してるのに……」

耳元で囁いて、ゆったりと肉棹を握りしごく。その白い腕の動きが、お湯に透《す》けて見える。

「ああ、くっ……いけません。マズいですよ」

「どうして？　ここにはきみとわたししかいないのよ。それに……カップルが部屋付き露天を利用するときって、こうしたいから、高いお金を払うんじゃないの。ほら、きれいでしょ？　お湯に紅葉が何枚も……」

見ると、無色透明なお湯に、そばの紅葉の木から舞い落ちた小さな色づいた葉が何枚も浮かんでいる。

「わたし、京都の紅葉風呂に入るのが夢だったの」

香弥子は翔平の肩に顔を預けながら、右手でいきりたった肉茎を強弱つけて握ってくる。

「もう、カチンカチン……そこに座って」

翔平は言われるままに岩風呂の縁に腰をおろす。

と、香弥子はお湯のなかを移動してきて、前にしゃがんだ。

急速に暗くなりはじめた夜空に向かい、いきりたっているものをそっと握って、ゆったりとしごきながら、翔平を見あげてくる。

「どう?」

「気持ちいいです。夢を見ているみたいです」

「夢じゃないのよ。こうしたら、もっと良くなるかしら」

香弥子が静かに頬張ってきた。

唇をひろげて、途中まで呑み込み、そこから、一気に根元まで唇をすべらせる。

「あ、くっ……!」

翔平は温かくて湿った口腔の感触に酔いしれる。

そして、香弥子は陰毛に唇が接するまで深く頬張りながらも、なかでぐちゅ、ぐちゅと舌をからませ、吸いあげるのだ。

「ぁあああ……！」

思わず声をあげると、香弥子はちゅるっと吐き出して、いきりたちを腹に押しつけるようにして、裏筋を舐めてくる。

ツーッ、ツーッと敏感なところを舐めあげられ、亀頭冠《きとうかん》の真裏の裏筋の発着点にちろちろっと舌を走らせる。

気持ち良すぎた。

ぼうっと細めた目に、ライトアップされた紅葉の木が真紅に燃えているのが飛び込んでくる。

庭の向こうにも林があって、そこの木々も黄や赤に色づいている。

と、香弥子がまた頬張ってきた。

右手で根元を握り、亀頭部を中心に唇をすべらせる。そうしながら、左手ではしずくの垂れる皺袋をやわやわとあやしてくれている。

(天国だ。きっと俺はもうこれ以上の体験をすることはないだろう)

香弥子が根元を握りしごき、それと同じリズムで顔を打ち振った。

根元を指で、亀頭冠を唇と舌で愛撫されて、翔平はいよいよさしせまってきた。

「ぁあぁ、出ます!」

思わず訴えると、香弥子は肉棹を吐き出して、言った。

「体が冷えたでしょ。お湯につかって……そう、そのまま」

翔平が湯船の縁を背にして座ると、香弥子がまたがってきた。

向かい合う形で前にしゃがみ、いきりたつものを握った。

(えっ、嵌《は》めるのか!)

驚いているうちにも、香弥子は屹立《きつりつ》をそこに当てて、ゆっくりと沈み込んでくる。お湯のなかでさえ温かいと感じるものに、分身が包み込まれていき、

「ぁあああうぅぅ……!」

香弥子は両手を肩に置いて、かるくのけぞった。

「ぁあぁ、入ってきたぁ……これが、ずっと欲しかったのよ」

今度は翔平にしがみつき、自分からもう我慢できないとでもいうように腰を振る。

すると、湯面が波打って、その波に小さな紅葉の葉が一枚、ゆらゆらと揺れている。

結いあげられた髪の左右の鬢も揺れて、色白の顔が今は上気して、ところどころ桜色に染まっている。

翔平の膝に乗っかっているぶん、乳房もお湯から出て、三十九歳と思えないピンクの乳首が、乳輪からツンとそそりたっていた。

「ぁああ、気持ちいい……きみのおチンチンがぐりぐりしてくるのよ、わたしのなかを……ねえ、オッパイを触って」

触りやすいように、香弥子が上体を離した。

翔平は水面から出ている胸のふくらみを揉《も》みあげる。指が中心の突起に触れると、

「あんっ……そこが感じるの。もっと触って……」

香弥子がすがるような目を向ける。

すでに瞳は潤み、そのどこかとろんとした目で訴えられると、翔平はもうやるしかないという気になる。

目の前の乳房をがばっとつかんで、モミモミすると、

「ぁああ、上手よ。もっと、ソフトに……そう。乳首も触って」

明らかに硬くしこっている乳首を二本の指でくりくり転がす。

「ああ、そうよ。気持ちいい……気持ちいい」

香弥子は顎をせりあげ、両手で肩につかまって、ぐい、ぐいと腰から下を振って、

「ぁああ、ああああ……」

と、顔をのけぞらせる。一葉の紅葉が、香弥子の起こす波に呑まれて、お湯のなかに沈んでいった。

「我慢できないわ。バックからちょうだいな」

そう言って、香弥子はいったん結合を外し、立ちあがった。紅葉の木を正面に見る形で岩風呂の縁につかまって、ぐいと尻を突き出してきた。

すごい光景だった。

香弥子の流線形の裸身が背中を見せて、大きな尻が翔平に向かっている。そして、桜色に染まった左右の尻たぶの底には陰毛が濡れてモズクのようになり、そこからぽたっ、ぽたっとしずくが水面に垂れて、小さな輪を作る。

翔平は尻の後ろにしゃがんで、狭間《はざま》を舐めた。

尻たぶをぐっと開かせると、真っ赤な粘膜ものぞいた。そこをぬるっ、ぬるっと舐めあげる。

「ぁああああ、あああああ……気持ちいい。翔平、それ気持ちいい……」

香弥子がのけぞって、悩ましい声をあげた。

（よし、感じてるんだ！）

笹舟形の上のほうで、小さな孔《あな》のようなものがひくひくしていた。

（よし、ここを舐めれば……！）

翔平は顔を寄せて、孔らしきところに、尖《とが》らせた舌を押し込んだ。いや、上手く細められないから、押し込んだというのは間違っている。

おそらく挿入《そうにゅう》できているとしても、せいぜい数センチといったところだろう。

それでも、必死に舌を抜き差しする。

まったりとした粘膜とその入口が、舌にからみついてくる。何となく温泉の味がするような気がするが、それ以上に酸味の効いたいやらしい味が際立つ。

ぬるぬると出し入れしていると、香弥子の様子が切羽《せっぱ》詰まってきた。

「あああ、ねえ、欲しい。もう、欲しい。翔平のカチンカチンをちょうだい。ぁあああああ、早くぅ」

香弥子がくなっと腰をよじって、せがんでくる。

翔平もう早く嵌めたくて仕方なかった。

立ちあがって、いきりたつものを尻の底に押し当てた。だが、どういうわけか入っていかない。香弥子が言った。

「そこ、お尻……アナルセックスするつもり？」

「ああ、すみません」

前回も同じように、膣口の位置がよくわからなかった。

（そうか、こういうときは……）

翔平は尻たぶの谷間に沿って切っ先をおろしていき、ぬるっとした柔らかな箇所を見つけ、慎重に腰を入れていく。

すると、肉棹がぬるぬるっとすべり込んでいって、

「ぁあああぁっ……！」

香弥子が甲高《かんだか》く喘いで、顔をがくんとのけぞらせた。

「ぁああ、締まってくる。すごい、吸い込まれる！」

翔平はくっと奥歯を食いしばって、膣のうごめきによる快感をこらえた。

すると、香弥子はもうこうしないといられないとばかりに、自分で腰を振っ

た。両手で岩風呂の縁につかまり、全身を前後に動かして、尻で打ち据《す》えてくる。

「あん、あん、あん……」

尻を叩きつけながら、喘ぎ声をスタッカートさせる。

たまらなくなって、翔平も応じる。

香弥子が尻を突き出すとき、ぐんっと腰を前に出す。勃起《ぼっき》の先が膣口を突いたのか、

「あんっ……！　うあああぁぁ」

香弥子が大きくのけぞって、がくん、がくんと震える。

こうなると、翔平も自分から動きたくなる。

きゅっとくびれた細腰とひろがってくる尻の境目を両手でつかみ、ぐいぐいと叩き込んだ。

「あん、あん、あん……」

香弥子が隣の客室に配慮して、小さめに喘ぐ。

石灯籠の明かりに浮かびあがる紅葉の木、見事に真紅に染まった葉が風が吹いたのか、はらはらっと落ちてお湯に浮かぶ。

そして、そのいささか非現実的なほどに幻想的な光景を、翔平は真正面に見る形で、部長夫人に後ろから嵌めているのだ。

夫人とするのはこれで二度目だが、今もなおこれが現実だという気がしない。

それでも、腰をつかうたびに、どんどん熱い塊《かたまり》がふくらんできて、射精したくなる。

「ああ、ダメだ。出ちゃいます！」

窮状を訴えると、香弥子が言った。

「いいのよ、出して……言ったでしょ、わたしは妊娠しないの。なかに出していいわよ。わたしが、外に絞り出すから……いいのよ、そのまま来て……気持ちいい。わたしもいいの……恐れず来て！」

「はい……！」

香弥子の言葉に励まされて、翔平は思い切り腰を叩きつけた。

くびれた細腰をぐいとつかみ寄せて、つづけざまに押し込んでいくと、

「あん、あん、あんんん……ぁあああ、来て、来て！」

香弥子が訴えてくる。

翔平はスパートした。

のけぞりながら腰を叩きつける。すでに暗くなった夜空には無数の星が煌《きら》めき、月はまだ出ていない。

ぐいぐいと突き刺していくと、粘膜がざわめきながら締めつけてきて、翔平もとうとう追い込まれた。

香弥子はまだイッていない。もう少しつづけたら……だが、もう我慢の限界だ。

「ああ、出ます！」

「ちょうだい。来て……出して……ちょうだい！」

つづけて深いところに届かせたとき、

「おぁあああああ！」

翔平は呻《うめ》きながら、放っていた。

4

京都の懐石料理が部屋に運ばれてきて、二人は地元の日本酒を呑みながら、凝《こ》った料理を口にする。

部屋食なら、他の人の目に触れないから、安心できる。

お膳の料理に舌鼓《したつづみ》を打ちながら、翔平は向かいの香弥子をちらちらと見る。旅館に用意されたピンク地に波模様の入った浴衣《ゆかた》を着て、半幅帯を締め、

「美味しいわ。さすがね」

と、料理を口に運ぶ香弥子は、さっき半露天風呂でセックスをしたためか、それとも日本酒を呑んでいるせいか、肌はつやつやで仄《ほの》かに朱《しゅ》に染まり、押し倒したくなるほどに色っぽい。

焼きたてで運ばれてきた小さなステーキを口にした香弥子は、

「ううん、蕩《とろ》けるわ」

目を閉じて、丹波牛《たんばぎゅう》を味わう。

翔平はこんな美味しい牛肉を口にしたことはない。

それ以上に、お膳の下に見える香弥子の下半身が気になる。さっきから、少しずつ足がひろがって、浴衣からむっちりとした色白の太腿の奥が見え隠れしている。もちろん下着はつけていないはずだ。

翔平も胡座《あぐら》をかいて、お膳の料理を口に運んでいるが、ちらちらとのぞく太腿に反応して、イチモツがまた少しずつ力を漲《みなぎ》らせている。

今日は新幹線のなかと、お風呂のなかで、二度も射精した。

それなのに、分身はまだまだ元気で、反応してしまう。きっと、ついこの前まで童貞だったから、性欲が活火山のように爆発したがっているのだ。

部屋での夕食を終えて、仲居がお膳を下げにきた。

しばらくテレビを見て、明日の予定を聞いた。明日は天橋立に向かい、伊根《いね》の舟屋《ふなや》を見てまわり、天橋立に戻って、泊まるのだと言う。

「わたしね、伊根の舟屋のあの時間が止まっているかのような景色が好きなの。翔平は行ったことある？」

「ありません。大学時代の友人の家があって、京都には来たことがあるんですが、天橋立も伊根も初めてです」

「そう……じゃあ、きっと感激すると思うわ。せっかくだから、もう一度、その紅葉風呂に入りましょうか……その前に……」

香弥子はテレビを消し、部屋の明かりを絞って枕明かりだけにした。

すると、サッシを通して、庭のライトアップされた紅葉の赤が浮かびあがって、部屋は艶《なま》めかしい雰囲気に変わった。

「裸になって、そっちに寝て」

言われるままに片方の布団に仰向《あおむ》けになると、香弥子が後ろ向きで半幅帯を解き、肩からはらりと浴衣を落とした。

片手で乳房を隠しながら、覆《おお》いかぶさってくる。

そして、唇を奪いながら、胸板をなぞってきた。

たちまち分身が力を漲らせると、香弥子の手が伸びて、イチモツを握りしごいてくる。そうしながら、香弥子はキスを唇から胸へとおろしていき、小豆色《あずきいろ》の乳首にちゅっ、ちゅっとキスを浴びせ、舐める。

「あっ、くっ……！」

ぞくぞくしてきて、翔平は唸る。

「すごいわ。今日、三度目なのに、まだすごく元気……若いって、すごいわ」

感心したように言って、香弥子は下半身へとキスをおろしていく。

真横から、いきりたちを頬張って、ゆったりと唇をすべらせる。

すごい光景だった。

香弥子は真横からフェラチオしているので、色白の裸身がしなり、その女豹《めひょう》のポーズが目に飛び込んでくる。

下を向いたたわわな乳房、シャープな曲線を描く背中と尻……。

髪はすでに解かれているので、柔らかくウエーブした黒髪が垂れ、その隙間から、香弥子が肉のトーテムポールを咥《くわ》える姿がちらちら見える。

ぺっこりと頬を凹《へこ》ませて、肉棹を吸いながら、顔を打ち振っている。

肉茎の形にひろがった唇を上下にすべらせるその横顔……。

そして、その向こうには、真っ赤に燃え立つ紅葉が石灯籠の明かりに浮かびあがっているのだ。

香弥子は頬張ったイチモツを吐き出しながら、チュパッ、チュパッと音を立てる。それから、エラの出っ張りにちろちろと舌を走らせる。

「ぁああ、欲しくなってきた。シックスナインってわかる?」

「ああ、はい……」

「初めてよね?」

「はい……」

「やってみよう」

香弥子は足を移動させて、片足をあげ、翔平の顔をまたぐ。尻を向ける形で、下腹部の勃起に吸いつき、チュパッ、チュパッと咥えたり、吐き出したりする。

その快感に酔いしれながらも、翔平は枕に頭を乗せて、目の前の女の花芯にしゃぶりついた。

枕明かりに浮かびあがったむっちりとした尻は豊かで、奥のほうに、漆黒《しっこく》の翳《かげ》りを背景に女の花びらがわずかにほころびていた。

陰毛の黒とは対照的に、粘膜は濃いピンクにぬめり、その鮮やかさが際立っている。

尻たぶをひろげて、狭間に舌を走らせた。ぬるっ、ぬるっと舐めると、複雑な味がして、

「んんんっ、んんんっ……ぁああ、気持ちいい」

香弥子が肉棹から口を外して、かるくのけぞった。

(よし、感じてくれている)

翔平がさらに狭間を舐めると、香弥子がまた頬張り、

「んっ、んっ、んっ……」

いきりたちに激しく唇を往復させて、

「ああ、ダメっ……気持ち良すぎて……」

香弥子は吐き出した肉棹を、口の代わりに指で握りしごく。

翔平はここぞとばかりにクリトリスを攻めた。

ぬるぬると舐めあげていると、

「そこにかぶってる皮があるでしょ。それを剝《む》いて、じかに舐めてほしいの。ちょっと引っ張れば、剝けるから」

翔平が言われるままに包皮を引っ張ると、確かに莢《さや》が剝けて、小さな豆が出てきた。そのピンクの真珠を縦に舐め、横に弾《はじ》くと、香弥子の様子が切羽詰まってきた。

「ぁあああ、あああ……ダメっ……ダメ、ダメ……ぁあああ、欲しい」

香弥子が上体を起こして、尻を向けたまま蹲踞《そんきよ》の姿勢を取った。ぬめ光る屹立を擦りつけて、ゆっくりと沈み込んできた。

切っ先が窮屈な入口を押し広げていく確かな感触があって、

「くっ……！」

香弥子はまっすぐに上体を立てて、低く呻いた。

それから、前に屈んだ。

（えっ、何をするんだ？）

次の瞬間、向こう脛《ずね》をぬるっとしたものが這っていき、そのぞわぞわっとした感覚に、

「あああ……」

翔平は素《す》っ頓狂《とんきょう》な声をあげてしまう。

初めて味わう感覚だった。

ナメクジみたいなものが向こう脛をすべり、そのたびに、強い快感がうねりあがってくる。

信じられなかった。

香弥子はバックの騎乗位で、上体を折り曲げて、翔平の足を舐めているのだった。

（こんなことができるのか……！）

翔平は驚きながらも、もたらされる快感を満喫する。

向こう脛は弁慶《べんけい》の泣きどころと言われるように、皮膚のすぐ下に骨がある。それをつるっとした舌でなぞられると、言葉には言い表せない快感が走るのだ。

それだけではない。

顔をあげれば、豊かな尻が突き出されていて、しかも、双臀《そうでん》の谷間には自分の勃起が嵌まり込んでいるところが丸見えなのだ。

（すごすぎる……！）

みんなが振り向くような淑《しと》やかで優雅な夫人が、お尻の孔とオマ×コを丸出しにして、翔平ごときの足を舐めてくれているのだ。

香弥子は脛を舐めあげ、舐めおろす。

そのたびに腰の位置も移動して、翔平の肉柱を擦り、締めつけてくる。

ご奉仕されていると感じた。

（ここまで尽くしてくれているのだ。俺も香弥子さんのためなら、何だってしてやる）

そう感じたとき、香弥子が上体をあげて、腰を振りはじめた。

斜めにして、ぐいぐいと尻を突き出し、ぎゅっ、ぎゅっと締めつけながら、前へと腰を移動させて搾《しぼ》りあげてくる。

「ああ、くっ……！　出そうです！」

思わず訴えると、香弥子は上体をまっすぐにし、ゆっくりと足を移動させて、時計回りにまわった。

翔平の肉のトーテムポールを軸にして、回転し、いったん真横を向き、さらにまわって、翔平と向かい合う形になった。

香弥子が腰を前後に振りはじめたそのとき、香弥子のスマホが呼び出し音を立てた。

「……もしかすると、主人からだわ」

「出たほうがいいですよ。怪しまれます」

「そうね……ちょっと待って」

香弥子はいったん結合を外して、テーブルの上の赤いスマホを手に取って、応答する。

「ああ、あなた。何よ、こんな時間に？」

その口振りから、相手が佐久部長、すなわち香弥子の夫であることがわかった。

「……ええ、大丈夫よ。問題なく、旅はできているから……そうよ、そう……」

スマホを耳に当てながら、香弥子が近づいてきた。

それから、翔平の下腹部をまたぎ、いきりたっているものを体内におさめて、

「うぐっ……！」

小さく呻いた。

「ううん、何でもないわ。旅館のお食事は美味しかったわよ。とくに丹波牛が
……そうね」

きっと、電話の向こうで佐久部長が何か蘊蓄《うんちく》でも垂れているのだろう。

香弥子は聞きながら、上になって腰を振る。

両膝をぺたんと突き、腰を前後にくねらせて、

「くっ……くっ……」

と、すっきりした眉《まゆ》を八の字に折る。

（こんなことして……見つかったら、俺は……！）

翔平はもう生きた心地がしない。

（それにしても、香弥子さんは大胆すぎる！）

きっと、愛人を作った夫に密かにリベンジしているのだろうが、もしばれたら、自分は終わる。

しかし、そんな気持ちとは裏腹に、香弥子に腰を振られると、どんどん快感がふくらんでしまうのだ。

「そんなことより、あなた、彼女と逢っているんじゃない。わたしがいない間に、羽を伸ばしてないでしょうね」

香弥子が言う。

「……どうだか、怪しいものね。そろそろいいかしら。明日のために今夜は早く寝たいのよ……はい、じゃあね」

香弥子が電話を切った。

「今の感じじゃあ、絶対に彼女と逢っているわね。わたしも主人のことは言えないけど……」

香弥子が上体を倒して、唇を合わせてきた。

舌をちろちろと走らせながら、ゆるやかに腰を振る。

翔平もそろそろ我慢の限界を迎えていた。

（こういうときは確か、こうするんだったな？）

アダルトビデオで見た体位を思い出して、香弥子の腰をがっちりとつかんで、下から腰を撥《は》ねあげてみる。

ズン、ズン、ズンと下から押し込むと、屹立が斜め上方に向かって膣を擦りあげていき、それがいいのか、

「んっ……んっ……んっ……ぁああ、上手よ。すごく上手……いいわ、これ、好き！」

香弥子がしがみついてきた。

（そうか、これがいいんだな。じゃあ、このまま……！）

翔平は洩《も》らしそうになるのを奥歯を食いしばってこらえ、つづけざまに突きあ

げる。

ずりゅっ、ずりゅっと屹立が蕩けたような粘膜を擦りあげていって、

「イキそう……ねえ、イキそう……イカせて……」

香弥子が耳元で訴えてくる。

「ああ、俺も、俺も出しますよ……おおぉぉ、ぁあああ！」

翔平が強くて速いストロークを叩き込むと、

「イク、イク、イッちゃう……！」

香弥子がぎゅっとしがみついてきた。

「そうら、イッてください。おりぁああ！」

つづけざまに腰を撥ねあげたとき、

「イク、イク、イキます……イクぅうううううううう！　あはっ！」

最後は艶めかしい声を洩らして、香弥子がしがみつきながらのけぞった。

直後に、翔平も放っていた。

熱いものが迸《ほとばし》っていく強烈な感覚が全身を貫《つらぬ》き、翔平はぐーんと腰をあげ、
ブリッジ状態で射精していた。

目眩《めくるめ》くような放出が終わり、翔平はがっくりとシーツに腰を落とす。

「……イッちゃった……」

香弥子が恥《は》ずかしそうに言って、ぐったりと体重を預けてくる。

(やったぞ。俺は助けなしに香弥子さんをイカせることができたんだ。やったぞ、俺!)

サッシの向こうの岩風呂から、掛け流しの源泉がお湯に注がれる、静かな水音が聞こえてきた。

第三章　着物をまくって股のぞき

1

翌日、二人は京都丹後鉄道《きょうとたんごてつどう》で、天橋立に向かった。

丹後鉄道は二両編成のクラシックな造りの車両で、運転席との境は木の格子《こうし》で遮《さえぎ》られており、立派なシートが設《しつら》えられている。

香弥子は昨日の疲れが出ているのか、うとうととして、翔平の肩に頭を預けている。

（昨夜は二度セックスしたから、さすがの香弥子さんも……）

そう思って、窓からの田舎の景色を眺めていると、ショールの下の香弥子の手が動いて、股間をモミモミしてきた。

だが、連休で人出は多く、さすがにフェラチオはできないようで、ふくらんできた股間を触れるだけで、咥《くわ》えようとはしない。

そうこうしているうちに、列車は天橋立駅に到着し、二人は今夜泊まる予定の海の見えるホテルに荷物を置いて、路線バスで伊根に向かった。

伊根まで五十数カ所で停まるバスは、焦《じ》れったいほど歩みが遅かった。それでも、車窓からは、天橋立が見えたり、伊根湾に近づくにつれて舟屋の点在も確認できたりして、様々な景色の移り変わりがあって飽きさせない。

二人は少し前で降りて、伊根湾めぐりの遊覧船に乗った。

香弥子が「カモメの餌《えさ》やりをしたい」と言うので、餌となるエビセンを買った。百円だった。

「前にも一度したことがあるから、任せておいて」

自信満々に言って、香弥子は二階のデッキに出た。

そして、袋を破って、なかからエビセンをひとつ取り出し、それを持って、斜め上へと差し出した。

すると、船が出たときからついてきていたカモメの群れの一羽が、後ろから飛んできて、嘴《くちばし》を伸ばし、エビセンだけを嘴に挟んで、スーッと斜め後ろにすべり去っていく。

「ね、いい感じでしょ」

香弥子がうれしそうに言う。

「カモメが人に慣れているんですね。びっくりしました。ビデオで撮っておきますか？」

「そうね。わたしのを使って」

香弥子が三つレンズのついたスマホを渡してくれて、翔平はビデオのボタンをタップし、その場面を録画する。

昨日と同じ、クリーム色に裾模様《すそもよう》の入った和服を着て、袋から取り出したエビセンを突き出す香弥子の様子は、スマホの画面を見ていても、なかなか絵になる。

カモメが鳴いて仲間を呼んだ。カモメの数が見る間に増え、群れて飛んでいる。

そして、先頭にいるカモメが突き出されているエビセンを上手に嘴でとらえ、サーッと斜めにすべって離れていく。

「ギャア、ギャア、ギャア」とカモメが騒ぎ、バタバタという羽音も聞こえる。

「どう？　わたし、調教師みたいでしょ？」

「ええ、すごいですね。カッコいいですよ」

「きみもやってみる?」

「いえ……」

「いいから、何事も見ているだけではつまらないわ。率先してやらないと」

香弥子が袋を渡してくる。

その間も、カモメたちは船と同じスピードで飛び、群れをなしてぴったりとついてくる。

(大丈夫か。指まで齧《かじ》られるんじゃないか?)

不安に思いつつも、翔平は袋からエビセンをひとつ取り出して、なるべく体から離し斜め上に向かって差し出した。

すると、さっきから真横について、ギロリとこちらに目を向けていたカモメが寄ってきたが、その寸前に後ろから近づいてきたもう一羽がエビセンをかっさらって、サーッと横に流れていく。

取り損ねたカモメが恨めしそうに翔平を見るので、翔平がエビセンを差し出すと、今度はスーッと寄ってきて、横からそれを咥え、後ろへとすべっていく。

ギャア、ギャア、ギャアと煩《うるさ》い。

次から次に餌を与えていると、自分のほうが焦《あせ》ってきて、カモメに餌を必ず渡さなければと、追い込まれた気分になる。

すべてのエビセンを与え終えたときは、翔平は心身ともに疲れきってしまった。

「ゲンキンなものね。カモメさんも餌がなくなった瞬間に、離れていくわ。でも、世の中、そんなものよね」

香弥子が隣で、いわくありげな顔をして言う。

結《ゆ》いあげられた黒髪を海風で乱し、着物の前身頃《まえみごろ》がめくれるのを手で押さえて、目を細めて舟屋を見ている香弥子には、淑《しと》やかで凜《りん》とした雰囲気がただよい、惚れ惚れしてしまう。

もう二度もこの素晴らしい女性を抱かせてもらったのだ。

体の奥底から、熱いものが込みあげてくる。

同時に、これは出来すぎている、どこかおかしい、きっとこのあとで、何か途《と》轍《てつ》もない不幸が自分を待っているのではないか——という思いも頭の片隅にあった。

遊覧船を降りて、二人は伊根湾に沿って歩いた。

途中で舟屋見学ができる場所があって、二人は料金を払って、入っていく。

受付に座っていた管理人は、ご自由に見学なさってくださいと言う。

(ああ、こういうふうになっているのか……)

舟屋の一階部分は海に接していて、小さな漁船が繋がれている。コンクリートで固められた船置き場は、傾斜があり、横に小さな段々も入っていて、これは海の干潮満潮に備えてのことらしい。

管理人の説明によれば、湾の真ん中に青島《あおしま》があることも関係して、ここは干満の差が五十センチほどしかなく、台風の際も北風が吹き、波は高くならないのだと言う。

そんな天然の良港だからこそ、昔から漁業が栄えたのだ。

一階から二階へとあがる急なハシゴみたいな階段があって、二階は居住部分になっている。

「船にも乗れるみたいよ。乗ってみようよ」

香弥子が言う。

船は腐食をふせぐためか、海面から浮きあがった状態で固定されている。

小さな漁船に乗り込み、翔平は言われるままに、舟屋を額縁《がくぶち》として、スマホで香弥子の写真を撮る。管理人は事務所に戻っていて、今、ここには二人しかいない。

船に腰かけていた香弥子が、周囲を気にしながら、足を開いた。

そして、着物と長襦袢《ながじゅばん》をまくりあげる。

と、真っ白にはりつめた太腿《ふともも》の奥に、黒々とした翳《かげ》りが見えた。

「ふふっ、下着つけてないのよ」

微笑《ほほえ》んで、香弥子はこうすればもっと見えるでしょ、とばかりに、やや後ろに倒れて、下腹部を突き出してくる。

（ああ、丸見えだ！　何て人だ。大胆すぎる……それにしても……ぁああ、やりたい！）

そんな気持ちを抑えて、翔平はスマホのシャッターを切る。

カシャッ、カシャッと音がして、香弥子は人がいないことを確認し、右手の指をそこに添えて、ぐっとV字に開いた。

（ああ、すごすぎる！）

陰唇《いんしん》の両側が指で開かれて、赤くぬめる内部がのぞいている。

しかも、そこは濡れて、きらきらと光っているのだ。

連写したとき、

「はい、これでお終い」

香弥子はぴたっと足を閉じた。

「管理人さん、こちらを見ていないわよね。もっとも、見ていてもわからないとは思うけど……」

ちらちらと受付のほうをうかがって、

「翔平、あれを出して。おチンチンを……」

「え、でも……」

「早く。人が来ちゃう」

香弥子が急《せ》かしてくる。

翔平は急いで、ズボンのファスナーをおろし、ブリーフの開口部からイチモツを取り出した。

それは茜色《あかねいろ》の亀頭部《きとうぶ》を光らせて、臍《へそ》に向かっている。

香弥子はにこっとし、いきなり身を屈めてきた。

両手で船縁《ふなべり》につかまって、口だけで頬張《ほおば》ってくる。

気持ちが急いているのか、いきなり途中までおさめて、唇をすべらせる。

右手を船縁から離して、根元を握った。しごきながら、それと同じリズムで顔を打ち振る。

管理人は個室の持ち場にいるようだから、これは見えないはずだ。それに、遊覧船からもこの奥まったところは見えないだろう。

「気持ちいい？」

香弥子がいったん吐き出して、見あげてくる。

「はい……すごく」

「わたしを見なくていいから、景色を見てて……きっと、一生に一度体験できるかどうかだと思うわ」

翔平は一度後ろを振り返って、人影がないことを確かめると、前を向く。

正面には湾の真ん中に青島が浮かび、そのまわりには透明度の高い青い海がひろがって、端のほうには舟屋の集落が見える。

海は静かで、ほとんど波がない。

カモメが飛び交い、養殖用の筏《いかだ》の上でも無数のカモメが羽を休めている。

今、自分は部長夫人にフェラチオされている。

香弥子に射精させようという意思はないようで、裏筋を舐《な》めあげたり、亀頭冠《きとうかん》の出っ張りに舌をからませたりしている。

「いいわよ、写真を撮っても」

いったん吐き出して言う。

（こんな証拠写真を残して、どうなっても知らないぞ。知らないから……）

そう思いつつも、翔平はもう一度後ろを振り返って人影がないことを確かめ、スマホを向ける。

「どうせなら、動画で撮ってみて」

香弥子が言うので、翔平はビデオ機能に切り換えて、赤いボタンをタップする。表示が変わり、撮影秒数が一秒、二秒と進みはじめた。

香弥子はカメラを意識して、顔を横向け、下から茎胴を舐めあげ、裏筋をちろちろと舌であやす。そうしながら、じっとスマホのほうに顔を向けている。

「ぁああ、美味しい……翔平のチンポ、美味しいわ……」

小声で言って、舌を走らせ、ついには上から頬張ってきた。

ぐちゅ、ぐちゅといつもより大きな唾音を立て、チュパッと音をさせて吐き出し、カメラににこっとして、また頬張ってくる。

唇を大胆にすべらせ、吐き出して、横を向きながらスマホを見つめ、側面を舐めあげる。

それからまた上から咥え込んで、根元を握りしごきながら、唇を亀頭冠にからませてくる。

「ああ、ダメです。出ちゃいます」

翔平が訴えると、香弥子は肉棹《にくざお》を吐き出して、

「今夜のために取っておきましょうね。はい、終わり。しまって、早く」

一転して冷静に言う。

翔平は急いでイチモツをおさめ、ファスナーをあげる。

それから、先に船から降りて、香弥子に手を貸す。

翔平はいまだに突っ張っている股間を隠し、管理人にお礼を言って、舟屋を出た。

2

二人はバスで天橋立に戻り、少し歩いて、天橋立ビューランドに向かう。

モノレールに乗って、頂上まで行き、遊園地みたいなビューランドで、股のぞきをした。

くねくねした天橋立の砂州《さす》が、龍《りゅう》が天に昇っていくように見えることから『飛《ひ》

龍観《りゅうかん》』と言うらしい。が、翔平は股をひろげて、頭を落とすだけで、頭がくらくらしてしまい、とても想像力が働かない。それどころか、ふらついて、このまま崖から落下してしまうんじゃないかという危惧《きぐ》のほうが強い。それ以上に、この巨大な砂州が実在すること自体、信じられない。すごいことだと思う。

和服姿の香弥子はまさか、股のぞきをしないだろうと思った。

しかし、敢然と挑戦したのには驚いた。

香弥子は平たい石の股のぞき台にあがって、向こうに尻を向け、着物をはしょるようにしてまくりあげ、いきなり腰から身体を折り曲げ、股の間から、飛龍を見た。

すごい光景だった。

着物と赤い長襦袢がめくれて、真っ白な足が太腿近くまで見えている。富士山のような形になった足の間に頭を入れて、股のぞきをしているのだ。しかも今日、夫人はノーパンのはずだ。崖のほうから見たら、むっちりとした白い尻が丸見えに違いない。

観光客がびっくりしたように、着物をまくりあげて股のぞきをする和服美人を見ている。

「ちょ、ちょっと、みんな見てますよ」

「平気よ……確かに見えるわ、龍が昇っていくのが」

香弥子が、そう言ったので、翔平は啞然としてしまう。

夫人は自分よりもはるかに大胆で、他人の目など気にしないのだと思った。また、そうでなければ、翔平と不倫旅行などできないだろう。

下りは、別々にリフトに乗った。

前に乗った香弥子は時々、後ろの翔平を確かめるように見て、愉《たの》しそうだ。

真正面に、湾を隔てる巨大な緑の砂州がくねり、リフトが降下するごとに少しずつ形を変え、龍も消えていく。

二人はビューランドを出て、宿に向かった。

五階建てのホテルで、眼下には海がひろがっている。チェックインして部屋にあがった。

二間つづきの広々とした部屋で、海側はダブルベッドが置かれた洋間、そして、反対側は和室で寛《くつろ》げるようになっていた。

レストランでの夕食を終え、今日は別々に温泉に入った。

男湯の露天風呂からは、暗く沈んだ海が見える。

そこに設置されていた大きな壺の形をした、陶磁器《とうじき》で作られた壺湯につかってみた。

通常より温度の低いお湯で、しかも、自分が何だか子宮に包まれているような気がして、いつまでも入っていられそうだ。

目の前にひろがる海と星空のもとで、自分は今、子宮のなかにいる——。

心身ともに癒《いや》されていく。

目を瞑《つぶ》ると、今日体験した舟屋でのフェラチオシーンが瞼の裏に浮かんできて、下腹部のものがギンとしてくる気配がある。

(今夜もしたい……そして、今夜はもっと香弥子さんを感じさせたい、イカせたい……!)

そんな気持ちで、壺湯のなかで肉茎に触れた。

気持ちいい。だが、まさか壺湯のなかで射精するわけにはいかない。

翔平は欲望を断ち切って、壺湯から出た。

半時間後、翔平はダブルベッドの上で一生懸命に香弥子を愛撫していた。

その間も、香弥子は様々なテクニックを教えてくれた。

浴衣《ゆかた》を脱いで一糸まとわぬ姿の艶《なま》めかしい女体を撫《な》でさすり、クンニをする。

物欲しげに濡れて開いた陰唇を、いっぱいに伸ばした舌でさすりあげると、

「ぁあああ、ああぁうぅぅ……気持ちいい……翔平、上手くなった。ほんとうに上手くなった……ぁああ、そこ、いや……恥《は》ずかしい……ぁあうぅぅ」

香弥子が足の親指を反らせて、曲げて、言う。

翔平が膣口《ちつぐち》を舐めたのだ。

（もっとだ。もっと感じてもらって、期待に応えたい）

まったりとした膣口に舌をできる限り出し入れし、そのまま上へと舐めあげていき、クリトリスに舌を走らせる。

「ねえ、剝《む》いて……わたしはじかにされたほうが感じるのよ。でも、なかには、じかにされるとかえってつらいっていう女の子もいるから気をつけるのよ」

翔平が『大人の男』になれるように教育したいという香弥子の気持ちが伝わってきて、うれしくなる。

言われたように上に向かって指を動かすと、つるっと剝けて、本体が姿を現す。肉の真珠を下から舐めると、

「んっ……あっ、あっ……はぅぅぅ」

香弥子がもっとちょうだい、とばかりに自分から腰をせりだしてくる。

翔平は突起をチュッ、チュッと音を立てて吸った。

「ぁあぁ、それ……それ、好きなの……いい、感じる。感じる……ぁあぁあ、もっと、吸ってぇ」

香弥子がブリッジするみたいに下腹部をせりあげた。それから、

「ちょうだい。もう、欲しい。おチンチンが欲しい」

眉《まゆ》を八の字に折って、おねだりしてくる。

翔平は膝《ひざ》をすくいあげて、濡れ溝に切っ先を押し当てた。そのまま、位置を確かめつつ腰を入れると、今回はぬるりとスムーズに嵌《は》まり込んでいって、

「あうぅぅ……！」

香弥子が顎《あご》をあげる。

（くっ……！）

翔平も奥歯を食いしばって、とろとろした膣の締めつけに耐える。

すればするほど、膣の具合が良くなる気がする。今も、柔らかくてまったりした粘膜が波打つようにして、イチモツを包み込んでくる。

だが、射精感はまだ湧いてこない。きっと慣れてきたのだ。

(よし、いいぞ！)

翔平は足を放して、折り重なっていく。

キスをしながら、かるくピストンしてみた。すると、香弥子はそれがいいのか、

「んんんっ……んっ……んっ……ぁあああああ、上手よ。感じる、すごく感じる！」

そう褒《ほ》めてくれるので、翔平も自信がついた。

キスをつづけていると、膣がびくっ、びくっとイチモツを締めつけ、その感触がたまらない。

キスを終えると、香弥子が言った。

「ねえ、そのまま胸をいじってみて……そうよ、そう……そのまま、ピストンして……」

翔平は心のなかでうなずき、乳房を鷲《わし》づかみにして、たわわなふくらみをぐいぐい揉《も》みあげる。揉みあげるときに、身体も多少動くから、それを利用して、切っ先で奥を突く。

抜き差しをつづけているうちに、香弥子の様子がさしせまってきた。

「ぁあぁ、いい……乳首も触って……そうよ、そう……乳首をくりくりしながら、ピストンしてくれない？」

「……こ、こうですね」

翔平は硬くなっている乳首を指に挟んで転がす。そうしながら、腰をつかう。回転技と突き技を同時にだから、ちょっと難しい。

それでも、だんだんとコツがつかめてきた。カチンカチンの乳首を捏《こ》ねながら、腰を突き入れる。

「ぁあああぁ、いい……感じる。翔平、わたし、感じてる！」

香弥子がしがみついてきた。

大きくM字に開いていた足を翔平の腰にからませて、もっととばかりに引き寄せ、

「ぁあぁ、ねえ、翔平、イキそうなの……イッていい？」

アーモンド形の目を向けてくる。その目が潤《うる》み、ぼうっとしていて、とても色っぽい。

「いいですよ。イッてください！」

これで香弥子を満足させることができる。しかも、自分はまだ射精しそうにない。

翔平は強く突きたくなって、乳首に指が触れる形で乳房をぐいと鷲づかみにした。

「ぁあああ……いい！」

香弥子が声をあげ、翔平は今だとばかりに、屹立《きつりつ》を深く突き刺した。

（大丈夫だ。まだ、射精しそうにない！）

自分は洩《も》らさずに、香弥子だけを昇りつめさせたかった。

つづけざまに、強く腰を叩きつけた。如意棒《にょいぼう》がうごめく膣を激しく行き来し、擦《こす》りあげると、香弥子が胸をせりあげて、翔平の腰に触れている太腿がぶるぶる震えだした。

「ぁああ、イキそう……わたし、イクわ」

「イッてください！」

翔平は歯を食いしばって、連続して叩きつけた。

「あんっ、あんっ、あんっ……イク、イク、イッちゃう……イクぅ……やぁああああああああぁ……！」

香弥子がのけぞり返った。それから、がくん、がくんと躍りあがる。

それでも、まだ翔平は放っていない。

(やった。ついに、自分は出さずに、香弥子さんをイカせた!)

翔平が歓喜に酔いしれていたとき――、

「こらァ、何してるんだ!」

男の怒声とともに、和室との境にあった襖《ふすま》がスーッと開けられた。

(えええぇっ……!)

何が起こったのかわからないまま、そちらを向くと、翔平は混乱と驚愕の極致に追い込まれた。

なぜなら、そこに立っていたのは佐久勝也。つまり、翔平の上司であり、香弥子の夫だったからだ。

(な、なんで部長がここに……。終わった。俺の会社人生はこれで完全に終わった!)

翔平はとっさに香弥子から離れた。飛びのきすぎて、ベッドから転がり落ちてしまった。

(痛ぇ……!)

激痛を耐えて、おずおずと部長を見た。

部長は堂々とした体格にジャケットをはおって、怖い顔でこちらをにらんでいる。

さらに驚いたのは、部長の後ろに、隠れるようにスタイル抜群の女性が佇《たたず》んでいたことだ。ストレートの長い髪で、タイトスカートにはスリットが入り、すらりとした美脚がのぞいている。

翔平の混乱は、いや増す。さっきは鬼のような形相《ぎょうそう》をしていた部長の顔つきがいきなり変わったのだ。佐久がにやにやして言った。

「よかったじゃないか、翔平。ちゃんと、香弥子をイカせることができて」

『よかったじゃないか』というのは、どういうことだ。からかわれているのか——。

きっと、翔平は鳩が豆鉄砲を食ったような顔をしていたのだろう、佐久が語りだした。

「翔平と家内のことは最初から、すべて知っていた。翔平が家内に童貞を捧《ささ》げたことも」

翔平はびっくりして香弥子を見た。

するといつの間にか浴衣をはおっていた香弥子が、うなずいて言った。

「ゴメンなさい。翔平のことはすべて主人に報告済みなの」

翔平は唖然として、ますます頭が混乱してきた。

二人は、部長の愛人問題で揉めて、上手くいっていなかったんじゃないのか。

香弥子は夫に愛人がいることに腹を立てて、翔平と不倫旅行をしているんじゃなかったのか——。

部長が言った。

「昨夜も電話をしたとき、家内は翔平とセックスしていたらしいじゃないか。あとで聞いたよ」

（ということは、つまり、香弥子さんは演技をしていたってことか……）

翔平は自分が二人に嵌められたんだということがだんだんわかりかけてきた。

「俺たち夫婦は結婚したときに、決めた約束があるんだ。お互いに一切、隠し事はしないって……だから、俺は女ができたことも、香弥子には話してあるんだ。なあ、香弥子」

香弥子が静かにうなずいた。

その視線は、佐久の背後にいる女性に一直線に向かっている。

（ということは……）

翔平がプロポーション抜群の女性に目をやったとき、

「ああ、紹介するよ。こちら、糸原《いとはら》葉月《はづき》、二十八歳。俺の愛人だ」

部長が後ろの女性を紹介した。

糸原葉月がかるく頭をさげる。

化粧は濃いが、つやつやの黒髪のロングヘアが印象的で、愛人だと聞いたせいか、男好きのする雰囲気をかもしだしているように見える。

「これは、家内は知っていることだが……葉月はうちの下請けをしている会社の社長令嬢だ。父親の秘書役を務めているところを見初《みそ》めてね。こちらから猛アタックをかけた。香弥子も、逢うのは初めてだよな？」

「ええ……あなたが葉月さんなのね。美人じゃないの」

香弥子が言って、

「いえ、わたしごときが、とても奥さまの美貌には敵《かな》いません」

葉月が微苦笑して、それを受ける。

翔平はますます理解できなくなってきた。

（これは、女同士の争いなのか。じゃあ、俺はどうなるんだ……俺は許されているのか？）

翔平はいまだ戸惑いのなかにいる。

「じつは、このホテルにもう一部屋取ってある。翔平、葉月とその部屋に行ってくれないか。俺は今、猛烈に香弥子を抱きたい……もし、葉月がいいと言うなら、翔平、葉月を抱いてもいいぞ」

部長が言う。

（えっ……葉月さんを抱いてもいいって……佐久部長は妻や愛人を他の男に抱かせても、平気なのか、意に介さないのか？）

翔平には、佐久の気持ちがまるでわからない。

「葉月、翔平を部屋に連れていってくれ。たぶん、俺は帰らないと思うから、温泉にでもつかって、ゆっくりしていなさい……翔平、葉月も寂しいだろうから、抱いてやってくれ。じゃあな……早く、行きなさい！」

葉月がうなずいて、翔平が浴衣を着るのを待ち、二人は廊下に出た。

3

新しい部屋も二間つづきで、窓からは海と、向こう岸の傘松《かさまつ》のケーブルカーに沿って点いているだろう明かりが幾つか見える。

しばらく二人はぎこちない時間を過ごした。

葉月は今、どんな気持ちでいるのか――。

それを思うと、翔平も迂闊《うかつ》なことは言えないし、できない。

それに翔平も、さっきまで身体を合わせていた香弥子が、いくら夫婦と言えど、今この時、部長に抱かれていると思うと、ジリジリと胸が灼《や》けるような胸苦しさを覚える。

(俺は、佐久勝也という大狐に化かされたんじゃないか？)

この一連のことを考えながら、葉月を見る。

ベッドに腰かけた葉月は、すらりとした足を組んでいるので、美脚が惜しげもなくさらされている。タイトスカートのスリットから、むっちりとした太腿がのぞき、もう少しでパンティまで見えてしまいそうだ。

うつむいていて、長いストレートヘアが顔を隠している。

きっと、愉しみにしていた部長との不倫旅行がこんなことになって、ひどく傷ついているのだろう。

あるいは、佐久がこの部屋に帰ってくるのを待っているのかもしれない。

Sホームの下請けと言うから、資材会社か工務店関係の社長の娘なのだろう。胸や尻も発達しているのに、ウエストは引き締まっている。ばっちりとメイクをしているので夜の蝶といった雰囲気もある。実際に働いたら、ナンバーワンに近い売りあげを稼ぐに違いない。

時間だけが経過していく。翔平は気になっていることを訊《き》いた。

「あの……部長はこのホテル、前から予約されていたんでしょうか?」

「……かもしれないわね。わたしはだいぶ前に、二泊三日の旅に出るから、空けておいてくれと言われていたから」

葉月がベッドに腰かけたまま言う。

(そうか……部長はやはり、あらかじめこの旅のことを知っていたんだ。部長夫妻は前からこの旅を予定していた。でも、二人の仲は、部長の愛人問題もあって、ぎくしゃくしていた。そこで、部長は奥さんと俺の関係を知って、この旅を利用して、夫婦仲を取り戻そうとしたんじゃないのか?)

仕事でも策略家である佐久部長なら、そのくらいのことはやりかねない。

つまり、香弥子夫人は翔平と二晩を過ごしたのだから、夫の愛人にも文句を言えなくなる。お互いさまということだ。そして、今夜、翔平と妻との情交現場を押さえた部長は、今、香弥子夫人を抱いて、よりを戻そうとしているのだ。夫人だって、今夜、夫を帰したら、愛人の葉月を抱くだろうから、それもできない——。

（さすが、部長。すごくよく練られた作戦だ。だけど可哀相なのは、そのダシに使われた俺とこの人か……）

ちらりと葉月を見た。

翔平には、葉月が悲しみに沈みそうになる心を必死に自分で励まして、耐えているように見える。

ややあって、葉月が翔平を見て、

「温泉につかりに行きましょうか。男湯も女湯もまだやっているでしょ」

立ちあがる。

その表情には何かを吹っ切ったような晴れ晴れしさが浮かんでいた。おそらく、もう今夜、佐久はこの部屋には戻ってこないと確信したのだろう。

「そう、ですね。そうしましょうか」

翔平も同意する。翔平としても、さっきのセックスの汗を流したいし、もう一度、ゆっくりと壺湯に入りたかった。

葉月が次の間で衣服を脱ぎ、浴衣に着替えている音がする。

しばらくして、葉月が浴衣に羽織をはおって現れた。やはり、女性は衣服で変わるのだろうか、さっきまでの少々近寄りがたい雰囲気が随分と柔らかくなっている。

「出るのはわたしのほうが遅くなると思うから、翔平さんがここの鍵を持っていたほうがいいでしょ？」

「ああ、はい……そうですね」

翔平はルームナンバーの書かれたキーを受け取って、二人で部屋を出た。

男湯にある、丸くて狭い壺湯につかり、よく体を洗って、大浴場を出た。

しばらく部屋で休んでいると、葉月が戻ってきた。

別人かと思った。葉月は化粧を落としてスッピンだったが、その顔がすごく愛らしい。

化粧をしているときは、たっぷりのマスカラと原色のアイシャドウで目が強調されて、確かに艶めかしかった。だが、どこか作られた感じがあった。それが今はすごくナチュラルで、やさしげだし、かわいい。

葉月は自分がスッピンであることを恥じているのか、顔を隠し気味に伏せている。それは絶対に誤解だから、これは伝えたほうがいいと感じた。

「葉月さん、今のほうがかわいいですよ。絶対にスッピンのほうがいい」

思いを口にすると、葉月がはにかんだ。

「そんなことないでしょ」

「そんなことありますよ。もちろん化粧しているときもきれいだけど、スッピンのほうが断然いいと思う」

「そう……？」

「そうですよ」

「ねえ、キスしましょ」

「えっ、いいんですか？」

「翔平さんがよければ……」

「俺はもちろん、いいですけど……部長は？」

「勝也さんは、今夜は奥さまのほうがいいみたいだから……きっと、あなたとしているところを覗《のぞ》き見して、嫉妬しただろうし、昂奮したんじゃないのかしら。それで、逆に奥さまを支配したい、イカせたいってなったんだと思う。だから、いいの、今夜はきみとしたい」

「……だけど、俺、まだ奥さんとしかしたことがないから、きっと下手だと思いますよ」

「そうかな？　さっきの奥さまのイキっぷりからしたら、そうは思えなかったけど……」

葉月が自分で羽織を脱ぎ、唇を合わせてきた。葉月は女性としては背が高いから、顔の位置はちょうどいい。

葉月はやさしく唇を重ねながら、徐々に強く抱きしめてくる。翔平も下手なりに唇を合わせて、そのしなやかな肢体を抱く。

やはり、香弥子より痩《や》せている感じだ。だけど、オッパイと尻は大きくて、胸のやわらかなふくらみが当たっている。

葉月はいったんキスをやめて、翔平の羽織を脱がせると、さっきより強く抱きついて、情熱的に背中を撫でながら、舌を動かす。

唇の間を舌先でちろちろされた。葉月の手がさがっていて、浴衣の前をはだけ、すでに力を漲《みなぎ》らせているものに触れてくる。

「もうこんなにして……いくつなの？」

かるく唇を接したまま、訊いてくる。

「……二十三歳です」

「香弥子さんが初めての女性だったのね」

「はい……」

「ふうん……最初から随分と刺激的なことをしているのね。相手は、重役昇進確実な部長の奥さまなのよ」

「……すみません」

「謝ることないでしょ。きみは嵌められたんだから」

きっと、そうなんだと思う。自分は夫婦の回春剤として利用されたのかもしれない。しかし、この二日間、香弥子夫人とは、旅とセックスをたっぷりと満喫した。だから、これはこれでよかったのかもしれない。

葉月はまたキスをしながら、浴衣の前から突き出た肉柱を強弱つけて握ってくるので、翔平は頭がぼうっとしてきた。

すると、葉月はキスをやめて、翔平の帯を解き、浴衣を脱がせてくれる。

「ベッドに寝ていて」

そう言って、葉月は自分の帯にも手をかけて、シュルシュルッと解き、浴衣を肩から落とした。

浴衣が音もなく床に落ちて、生まれたままの姿が部屋の柔らかな間接照明に浮かびあがった。

息を呑むほどに、官能的な身体だった。

すらりとしていて手足は長いのに、胸や尻の出るべきところは出ていて、まるで週刊誌のグラビアページを見ているようだ。

とくに乳房はたわわなうえに形がいい。直線的な上の斜面を下側の充実したふくらみが持ちあげていて、淡いピンクの乳首もツンと上を向いている。

部長はきっとこのプロポーションを服の上からでも一目で見抜き、しつこくせまったのに違いない。

翔平がベッドに仰向《あおむ》けになっていると、葉月は乳房を手で隠して、ベッドにあがった。

上から翔平にキスをして、舌を使い、それから、ぎゅっと抱きついてくる。

一連の動作がごく自然で、なおかつすごく色っぽくて、翔平はこの動きだけで舞いあがってしまう。

葉月は胸板に顔を移し、小豆色《あずきいろ》の、男の小さな乳首にキスを浴びせてくる。

ちゅっ、ちゅっとかるくついばむようにして、それから、舐めてきた。

ちろちろっと小刻みに舌を震わせ、上下にも左右にも動かしている。

その間も、下腹部に伸ばしたしなやかな指で、屹立を握り、時々しごいてくる。

すごく献身的だ。きっとこの口も手も自在に使う愛撫が、部長を虜《とりこ》にしているのだろう。

葉月は翔平の左手をあげて、腋《わき》の下にキスしてきた。天然のままの腋毛ごしにキスをし、舌を横揺れさせる。それから、なめらかな舌で二の腕をツーッ、ツーッと舐めあげてくる。

「くっ、あっ……！」

初めて味わう感覚に、翔平は身震いしてしまう。

すると、葉月はそのまま唇を翔平の唇に移して、キスをした。そうしながら、下腹部のイチモツを握りしごいてくれるのだ。

気持ち良すぎた。

まだあまり経験がないから、はっきりしたことは言えないが、葉月はセックスがとても上手だ。

やはり、偉い人の愛人となるには、美貌に加えてこのくらいのセックス能力がないとダメなのかもしれない。

葉月は濃厚なキスを終えて、顔を下へ下へと移していく。

翔平はさっき射精していないから、分身はまだまだ元気だ。

すごい角度でそそりたつものの頭部に、葉月はちゅっ、ちゅっとキスし、尿道口を舐めた。割れ目に沿ってなぞり、少し顔をあげて、唾液を落とした。

上手く命中した唾液を、亀頭部をかるく圧迫してひろげた尿道口に塗り込むように舌を使う。尿道口に沿って舌を這わされたとき、舌先が尿道口にわずかに入り込んだ気がして、ぞくっとする。

それがわかったのか、葉月はストレートロングの髪をかきあげて、翔平を見、にこっとした。

それから、唇をひろげて、屹立を途中まで頬張ってきた。

いきりたつものの根元をつかみ、顔を打ち振って、ゆったりとしごいてくる。

ぷにっとした唇が適度な圧迫で、敏感な亀頭冠をなめらかにしごいてきて、ジーンとした快感がうねりあがってくる。

「ぁああ、くっ……気持ちいい……！」

思わず言うと、葉月は長い黒髪をかきあげて、片方に寄せ、先端を頬張りながら、翔平を見あげてくる。

いったん吐き出し、裏筋に沿って舐めおろす。姿勢を低くしたと思った次の瞬間、タマ袋になめらかな舌が這った。

びっくりした。香弥子に睾丸《こうがん》を舐められたことはない。

「足をあげてみて」

葉月に言われて、翔平は自ら両足を持ちあげて、膝を持った。

「こうですか？」

「ええ……そのまま、じっとしていて」

葉月が低くなり、皺袋《しわぶくろ》に舌を走らせる。その間も、肉棹を握って、擦ってくれる。

（ああ、気持ちいい……キンタマがこんなに気持ちいいとは……しかし、これ、恥ずかしすぎる。きっと、尻の孔《あな》まで見えている）

羞恥《しゅうち》と快感がないまぜになっている。それでも、タマ袋の皺をひとつ、またひとつと伸ばすように丹念に舐められると、羞恥が薄れて、快感だけがうねりあがってきた。

そのとき、片方の睾丸がちゅるっという感じで、口に吸い込まれた。

葉月はキンタマをひとつ頬張って、なかでねろねろと舌をからめている。

（ああ、すごすぎる！）

物理的快感というよりも、この美人が自分ごときの睾丸を咥えてくれているという精神的な驚きと悦《よろこ》びが大きい。

葉月はちゅっぱっと吐き出し、股の間から、髪をかきあげながら翔平を見た。

すぐに顔を伏せ、もうひとつの睾丸まで、頬張った。

陰毛の生えた醜悪《しゅうあく》と言っていいほどの皺袋を、まったくいやがらずに口のなかにおさめ、舌をからめている。そうしながら、右手で握りしめた肉の塔をしごいてくれるのだ。

（すごい、こんなことまで……俺も葉月さんのためなら何だってしちゃう！）

そう思ったとき、葉月がようやく袋を吐き出した。

低いところから、裏筋をツーッ、ツーッと舐めあげ、さらに、裏筋の発着点を集中して舌でねろねろしてくる。

舌を左右に振ったり、上下に往復させられると、気持ち良くなって、イチモツがさらにギンと漲《みなぎ》るのがわかる。

葉月は亀頭部にキスをして、上から頬張ってきた。今度は手を使わないで、口だけでしごいてくる。

　ぐっと深く咥えてきた。

　ぐふっ、ぐふっと噎《む》せたものの、もっとできるとばかりにさらに根元まで唇をすべらせた。

　びっくりした。葉月は陰毛に唇が接するほどに深く頬張り、さらに、チューッと吸いあげてくるのだ。

「ぁあああ……！」

　翔平は思わず声をあげていた。それほどに気持ち良かった。

　葉月は垂れ落ちた黒髪の間から、ちらりと翔平を見た。左右の頬がぺっこりと凹《へこ》んでいる。

　頬を凹ませたまま、ジュルルッと吸いあげて、いったん吐き出し、また頬張ってくる。

　今度は、顔を少し傾けている。

　びっくりした。片側の頬がぷっくりとふくらんでいる。

（もしかして、これがハミガキフェラ？）

　葉月のととのった顔がゆがんでいる。自分がどう見えているのかわかるはずなのに、葉月はそれを厭《いと》わずに顔を振った。すると、頬のふくらみが移動する。

(今、葉月さんの頬で動いているのは、俺のおチンチンなんだな。このリスがクルミをおさめたときの頬袋みたいなふくらみは、つまり、俺の亀頭部の丸みなんだ)

葉月はちゅっぱっと音を立てて吐き出すと、今度は反対側に頬張り、ゆっくりと顔を振る。

(そうか、きっと佐久部長はこういう献身的なフェラチオをされ、それが癖になって、葉月さんと別れられないんだ)

そう感じたとき、葉月が顔を中心に向けて、まっすぐに咥え込んできた。

ズリュッ、ズリュッと唇を往復させる。

口だけで手は使っていないのに、すごく気持ちがいい。ぐっと奥まで頬張られると、包み込まれているという安心感があり、適度な圧力でもって、本体から先端をしごかれると、ジーンとした痺《しび》れるような快感がふくらんでくる。

葉月の両手が、翔平の胸板に伸びた。

そして、乳首をいじってくる。

口では分身を頬張りながら、上に伸ばした手指で、翔平の乳首をくりくりと転がしたり、撫でさすったりする。

（二カ所攻め……？）

きっと、そうだ。こういうのを二カ所攻めと言うのだと、何かの本で読んだことがある。

胸をさすられたり、乳首をいじったりされると、ぞわぞわする。そこに、分身を唇でしごかれる快感が加わって、この世のものとは思えない快感がうねりあがってくる。

「ああ、ダメです。出ちゃう！」

思わず訴えると、葉月は肉茎を吐き出し、

「今度はきみの番よ」

ベッドに寝そべった。

翔平としても、葉月がいろいろとしてくれた恩返しをしたい。

だが、愛撫に自信があるわけではない。それでも、ここはできる限りのことをして、葉月に悦んでもらいたい。

翔平は上になって、乳房にしゃぶりついた。

たわわで形のいいふくらみの頂上を頬張り、ちゅっぱっと吐き出した。それから、上下左右に舌で舐める。

すると、小さかった乳首が見る見る硬く、大きくなって、

「んんっ……んんんっ……ぁあああ、気持ちいい……ぁあうぅぅ」

葉月が本心から感じているという声をあげたので、翔平は自信が持てた。

左右の乳首をしゃぶり、さっき自分がされたことをする。

片方の腕をあげさせて、腋窩《えきか》にしゃぶりついた。

きれいに剃毛《ていもう》されていたが、汗ばんでいるのか、甘酸っぱい香りがして、その甘ったるい微香が翔平を昂《たかぶ》らせる。

「いや……そこ、恥ずかしいわ」

葉月が腋を締めようとする。

その腕を押さえつけて、さらに、腋窩を舐めた。あらわになった腋窩のスロープに沿って舌を走らせると、

「あっ……あっ！」

敏感に反応して、葉月がびくん、びくんとする。

（きっと、感じているんだ）

腋の下から舌を這わせて、二の腕の内側を舐めあげてみる。

スレンダーでも二の腕の内側には幾分ゆとりがあって、そこに舌を走らせると、それが感じるのか、

「ぁあああ……！」

葉月は艶めかしい声を洩らして、顔をのけぞらせる。

ここはこれで充分だという気がして、翔平はまた乳房を攻める。

量感あふれる柔らかなふくらみを揉みながら、乳首を吸い、舐め転がすと、

「ぁあああ、いい……もう、欲しい。ここを……」

葉月が下腹部をせりあげる。

台形に繁茂したそこは、頭髪と同じで、漆黒《しっこく》の光沢を放っていた。

(よし、クンニをすればいいんだな)

翔平は枕をつかんで、葉月の腰の下に置いた。こうすれば、クンニをしやすくなることを、香弥子から聞いていた。

足の間にしゃがみ、一直線に伸びたすらりとした美脚を持ちあげて、ぐいと開かせると、

「ああ、いや……恥ずかしい」

葉月が膝を閉じようとする。

その膝を開かせる。漆黒の翳りの底に、ふっくらとした陰唇が波打って、わずかに口をのぞかせていた。

そこは、スレンダーな肢体からは想像できないほどにぽってりとしていた。けれども、全体が淡い色で、清潔感のようなものが感じられる。

翔平はわずかにのぞいた粘膜を、下から舐めあげていく。ぬるっと舌がすべっていき、

「ぁあああ……いい！」

葉月が気持ち良さそうな声を洩らした。

（よし、感じるんだな。もっとだ！）

翔平は何度も粘膜を舐めあげる。すると、両側の陰唇がひろがって、内部の赤みがひろがる。そこはもういっぱいに濡れていて、あふれだした蜜でぬらぬらといやらしく光っている。

香弥子に教えられたことを思い出し、狭間《はざま》を舐めあげる勢いを利用して、そのままクリトリスをピンッと舌で弾《はじ》くと、

「あんっ……！」

葉月は鋭く反応して、顎をせりあげる。

これもまた香弥子の教えを思い出して、指で包皮を剝いた。あらわになった肉の真珠を、ゆったりと舐めあげる。

「ぁあああ……ぁあああ、いいの……焦《じ》らさないで。もっと、強くして。クリちゃんを……」

葉月がせがんできた。

（そうか……葉月さんはクリちゃんを強めに攻められたほうが感じるんだな）

翔平は肉芽《にくが》を頰張って、思い切り吸いあげてみた。

「やぁあああああぁぁ……あっ、あっ、あっ……」

吸引するたびに、葉月はがくん、がくんと腰を振って、ブリッジするみたいに身体を弓なりに反らした。

吐き出して、また肉芽を舐めた。強めに上下に舐め、左右にれろれろっと弾く。すると、葉月は「ぁあああ」と嬌声《きようせい》をあげていたが、やがて、

「……入れて。もう、入れて……」

翔平を見て、せがんでくる。その大きなアーモンド形の目が今は潤みきって、男にすがるような表情をたたえている。

4

ここはこのまま、貫《つらぬ》いたほうがいい。

本能的にそう感じて、翔平はすらりと長い足の膝裏をつかんで、開かせた。

女の花は開いて、内部の鮭紅色のぬめりをあらわにし、あふれでた蜜が膣口に溜まっている。

腰枕をしているせいか、膣口の位置がよくわかる。

(よし、ここだな)

翔平は慎重に切っ先を押し当てて、ゆっくりと沈み込ませる。狭い入口を突破して、ぬるぬるっと嵌まり込んでいき、

「はぁあああ……!」

葉月が両手でシーツを握りしめるのが見えた。

(やったぞ。一発で、シーツをつかんだ!)

翔平は歓喜のなかで、焦ったらダメだと自分に言い聞かせて、ゆっくりと抜き差しする。

膝裏をつかんで、足を押し広げ、加減してストロークする。

香弥子はまったりと粘りつく感じだったが、葉月のここは窮屈で、すごく締めつけてくる。

（ダメだ。我慢だ！）

自分に言い聞かせて、スローピッチの打ち込みをつづけると、

「ぁああ、ああああ、気持ちいい……できたら、もっと奥に……奥に欲しいの」

葉月がリクエストしてきた。

奥に届かせれば、それだけ、翔平も追いつめられる。わかっていたが、女性の要求に応えられなくては、男として失格だ。

翔平は奥歯を食いしばって、強く腰を振った。

振りおろすようにしながら、途中からすくいあげて強く打ちこむと、切っ先が奥を突く感触があって、

「ぁああ、それ……いいの。いいの……」

葉月が熱っぽい目を向けてくる。

（ええい、こうなったら、出してもいいや！）

翔平はつづけざまに腰を振って、奥を突いた。

「あんっ……あんっ……すごいわ。お臍に届いてる。ここまで来てる」

葉月が臍のあたりを押さえた。

翔平のものは標準サイズだし、いくら何でも、そこまで届くなんてことはない。それでも、そう言われれば、うれしい。

だから、頑張った。

洩れかかるのを必死に抑えて、ぐいぐいと打ちこんだ。

両膝の裏をつかむ指に力が入ってしまう。きっと、痛いはずだ。なのに、葉月はむしろそれがいいようで、

「あんっ……あんっ……ぁあんん……気持ちいい。気持ちいい……」

顔を左右に振って、顎をせりあげる。

両手でシーツをつかんでいるので、シーツが皺になっている。

そして、長い黒髪が真っ白なシーツに扇をひろげたように散って、眉根を寄せている葉月はすごく色っぽい。

翔平は足を放して、覆《おお》いかぶさっていく。

唇を奪うと、「んんんっ」とくぐもった声を洩らしながら、葉月はぎゅっとしがみついてくる。

抱きつきながらも、舌を差し込んで、翔平の舌にからませる。しかも、キスを

する間に、膣がぎゅっ、ぎゅっと締まってくるのだ。

そんなことをされると、翔平も一気に追い込まれそうになる。

とっさに唇を離して、腕立て伏せの形を取った。

その姿勢でぐいぐいと打ち込んでいくと、葉月は足をM字に開いて、屹立を奥へと招き入れ、翔平の腕を握った。

「あんっ、あんっ、あんっ……」

リズミカルに喘《あえ》ぎながらも、下からじっと翔平を見あげてくる。

アーモンド形の大きな目が潤み、細められる。そして、もうダメとばかりに目を閉じて、

「ぁああ、ダメっ……イキそうなの……あうぅぅ」

と、顎を突きあげる。

こうなったら、翔平としても、葉月にイッてほしい。昇りつめてほしい。

「葉月さん、イッてください。俺も、イキそうです」

翔平が言うと、葉月が返した。

「出していいわよ。わたし、ピルを飲んでいるから、大丈夫。いいのよ」

「はい……！」

翔平は安心して腰を振る。

強く打ち込みたくなって、もう一度、上体を起こし、葉月の膝をすくいあげる。その状態で、つづけざまに打ちおろした。

ぎりぎりまでふくれあがった勃起《ぼっき》が、締めつけてくる膣を擦っていき、翔平も一気に高まった。

だが、葉月は奥が感じるから、これをつづけるしかない。我慢して、つづけざまに突いた。

「あん、あん、ぁああん……来るわ。来そう……！」

葉月が身をよじりながら言って、シーツが取れてしまいそうなほど握りしめた。

「ああ、くっ……くっ……！」

射精をこらえて、さらに奥を突いた。

激しく腰を躍らせると、形のいい乳房もぶるん、ぶるんと縦揺れする。葉月は長い髪を打ち振って乱しながら、シーツを握りしめて、ぐーんとのけぞった。

「来るわ、来る……来ちゃう……今よ、ちょうだい！」

翔平が射精覚悟で打ち込むと、

「来るぅ……やぁあああああぁぁぁぁぁぁ……！」

葉月は激しくのけぞった。

（今だ……！）

駄目押しとばかりに打ち込んだときに、翔平も至福に押しあげられた。

熱い男液がしぶくと、それと同時に葉月はがくん、がくんと躍りあがり、それから、操《あやつ》り人形の糸が切れたようにぱったりと動かなくなった。

射精を終えて、翔平も葉月の肢体に覆いかぶさっていく。

汗ばんだ乳房に顔を埋めると、ドクン、ドクンと力強い鼓動が聞こえ、それに、静かな波音が重なった。

第四章　愛憎の四人バトル

1

翌日、四人はホテルで朝食を摂《と》り、しばらく天橋立の観光をした。

佐久部長がここまで来たら、歩いて渡らないと来た意味がないと言うので、四人で天橋立の砂州《さす》を歩いた。

様々な名前の付けられた松が植えられた砂州は、思っていたより長く、途中で休憩しなければならなかった。

妙な感じだった。

部長が先頭に立ち、その横を香弥子夫人が寄り添うように歩いている。そして、翔平と糸原葉月は二人より少し遅れて、あとをついていく。

香弥子が部長の手を握ったのを見て、葉月が翔平の手をつかんだ。

おずおずと握ってくる手に、翔平も指をからませる。恋人つなぎだ。

この四人の関係を考えると、ちょっと複雑だが、こんな美人と天橋立を恋人つなぎして渡れるなんて、すごくラッキーだ。

ちょっと前まで童貞だったのだから、たとえそれがどんな状況であろうと、文句などない。むしろ、うれしい。

途中にある天橋立神社は小さな神社だが、パワースポットらしい。

四人でお参りをする。部長と翔平はちょっと祈るだけだったが、香弥子と葉月はとても長く手を合わせている。

何を祈願しているのだろう。まるでその長さを競い合っているような二人の祈りに、翔平のほうがドキドキしてしまう。

それからまた四人は歩きだす。

一時間歩いても、まだ砂州を向こう岸まで渡りきれなかった。

さすがの佐久部長も、

「今回は長く感じるなぁ。やはり、船で渡ったほうがよかったかな」

と、めずらしく弱音を吐いた。

だが、女性陣は元気で、着物をつけている香弥子などは草履《ぞうり》で歩くのだから大変なのだと思うのだが、

「あなた、体力落ちてるんじゃないの」

と、先頭に立って、すたすたと歩いていく。

ようやく向こう岸に渡り終え、そこからまた少し歩いて、ケーブルカーに乗った。

ケーブルカーの後ろに乗ると、徐々に景色が変わっていくのが見える。

天橋立自体は松だから緑だが、近くの広葉樹や向こう岸のところどころが黄や赤に染まっていて、その配色がきれいだ。

ここは上下のケーブルカーが同時に出発し、途中で線路が二つに分かれて、すれ違う。それを見ているだけでも愉《たの》しい。

四人は頂上にある傘松駅で降りて、股のぞきをした。ここから見える天橋立は棒のように直線的で、くねりはない。だが、海と砂州、空の対比がきれいだ。

そこで、少し休んで昼食を摂り、下りのケーブルカーに乗って、府中《ふちゆう》駅で降りた。

今度は、観光船で戻る。

部長と香弥子は一階の客室に座っていたので、翔平と葉月は二階デッキの後ろ側で、カモメの餌《えさ》やりをすることにした。

翔平は、伊根で香弥子に教わったとおりに、エビセンを指先で持って突き出す。すると、やってきたカモメがそれを咥《くわ》えて、飛び去っていく。

「すごい！　わたしもやってみたい」

葉月が瞳を輝かせたので、エビセンの残りを渡した。

「大丈夫かな。わたし、指、食べられないかしら」

葉月が心配そうに言う。

「大丈夫ですよ。エビセンの下側をつまんで、自分から遠いところに突き出していれば。怖がらないほうがいいと思います」

「じゃあ、やってみるね」

葉月が袋から取り出した細長いエビセンを長い指でつまんで、斜め上へと差し出した。

すると、船についてきていたカモメの集団の先頭が、近寄ってきて、巧みに餌を咥え、サーッと斜めに飛び去っていく。

「すごい。わたしにもできたわ。これ、すごく昂奮する」

葉月がはしゃいだ。

長い黒髪とロングスカートを海風になびかせて、デッキに立つ葉月はとても絵になって、翔平もうっとりと見とれてしまう。

「キャア、怖い！」

と、悲鳴をあげながらも、葉月は餌をやりつづけ、最後のエビセンを与え終えると、

「はい、終わり」

指についたエビセンの塩を手を叩いて落とし、船から離れていくカモメの群れに、「さようなら」と手を振った。

そんな姿を見るにつけ翔平は、

(この人、ほんとうにかわいい人なんだ)

と、胸がときめいてしまう。

一行は戻って、智恩寺《ちおんじ》で参拝を終え、天橋立駅から京都丹後鉄道に乗って、城《きの》崎《さき》に向かった。

乗り換えて、城崎温泉駅に着いたときは、午後五時近かった。

城崎は文豪志賀直哉《しがなおや》の短編『城の崎にて』でも高名な温泉地で、外湯と呼ばれる公衆浴場が全部で七つもある。

駅のすぐそばにもひとつ外湯がある。そこには入らずに、四人は迎えにきてく

れた旅館のバスに乗った。

駅前通りは左右にお土産屋や、新鮮な海の幸を売る店がずらりと並んでいるが、交差点を左折すると、がらりと雰囲気が変わる。

町中を大谿川《おおたにがわ》が流れ、そのほとりに植えられた柳並木と、幾本もかかった小さなアーチ橋がやさしげで、ノスタルジックな町の雰囲気をかもしだしている。

細かい格子《こうし》の目立つ家々も、古き良き時代の日本を思わせる。

立派な門構えの旅館に到着した。川の両側を走る道に面しているが、旅館自体は奥まったところにある。

通された部屋は一間が十畳ある広々とした二間つづきの和室だった。

「悪いな、ここは人気で一部屋しか取れなかったんだ。襖《ふすま》を閉めて、それぞれ二人ずつ寝れば、問題ないだろう」

佐久部長がひょうひょうとして言う。

(部長は俺と一緒の部屋はいやだろうし、どういう組み合わせになるんだ？　それに、こんな襖一枚隔てたところじゃ、声が通って、セックスなんてできないだろう)

翔平は頭をひねる。まったく、部長のしていることは予想をはるかに越えてくるから、翔平も困惑するばかりだ。

四人はしばらく休んで、内湯に入り、それから、旅館で夕食を摂った。新鮮な海の幸は
但馬牛《たじまうし》は舌で蕩《とろ》けそうなほどに柔らかくてコクがあり、また、
それぞれが美味しかった。

食べ終えて、外湯巡りをするために浴衣《ゆかた》に着替えた。

市松模様のおしゃれな浴衣に羽織をはおり、下駄を履《は》き、旅館の用意した外湯セットをさげて、外に出た。

すでに日は落ち切って、街灯が柳を照らし、イラストの入ったかわいらしい行灯《あんどん》が川面や道路を浮かびあがらせ、それは、町全体を合わせてひとつの宿だと言われるこの城崎でしか味わえない、叙情的な雰囲気だった。

今、ここを歩いているのはほとんどが浴衣に半纏《はんてん》をはおった観光客だ。

文豪志賀直哉先生が書いた『城の崎にて』では、主人公が石に張りついた黒い小さなイモリを見て、何気なく投げた石が偶然そのイモリに当たって死んでしまい、そこで死生観を問い直すというところで終わっていた。

あのイモリはどのあたりにいたのだろうか。この川であることは間違いないが、当時とはまったく変わってしまっているだろうから、場所は特定できまい。

最初の外湯に到着したとき、部長が言った。

「ここで、二手に分かれるか？　四人では全部まわるのは難しいだろう。俺もお前と入るのはいやだしな」

翔平を見る。

「まあ、ここは俺と香弥子、翔平と葉月というように分かれよう。入るったって、三つは無理だろうから、二つでいい。俺と香弥子はここと、ここに行くから、お前たちはここをまわれ」

と、マップを指さして、部長が言った。

2

翔平は葉月とともに、川のほとりを歩く。

それから、石のアーチ橋の真ん中にあるベンチに座って休んだ。

一級河川円山川《まるやまがわ》の支流だという穏やかな川が曲がりくねって走り、アーチ橋が幾つもかかっているのが見通せる。行灯に浮かびあがった青い柳の葉が流麗で、とても気持ちがほっこりする。

隣の葉月はピンク色の市松模様の浴衣に羽織をはおって、髪をくるくると結《ゆ》いあげていた。こうすると、髪を垂らしていたときとは違う凛《りん》とした感じが出て、とてもいい。

葉月のことが心配で、声をかけた。

「俺なんかが相手ですみません」

「いいのよ。きみが謝ることはないわ。じつはね……」

葉月が事情を話しだした。

「うちの資材会社、父が社長をしているんだけど……佐久さんのお蔭で持っているの。Sホームの下請けだから……。わたしは人質に取られているようなものなのよ」

何てひどい話なんだ、と思った。

「それって葉月さんは無理やり部長につきあわされてるってことですか？」

「そうでもないのよ。勝也さんは、ウソをつかないから、信頼できるし、男として、好きなの。最初から、俺には家内がいるから、二番目でもいいかって……わたし、彼のこと嫌いじゃなかったから、それでもいいと答えたのよ」

頭のなかが真っ白になり、憤慨《ふんがい》に堪えない。モテる男なら、何だって許されるのか――。

「でも、きっとそれも、あの奥さまがいらっしゃるからできることなのよ。勝也さんはわたしのことを奥さまに報告したみたいだし……奥さまは、きみのことも勝也さんに話したんだから……香弥子さん、わたしにはよく理解できないけど、心がひろいのよ。器がデカいの。きみは、タマタマちゃんがデカいけど」

葉月がいきなり、どう対応していいのかわからないカーブを放り込んできた。

「えっ、あっ……俺、キンタマ大きいですか？」

翔平はまともに受ける。

「昨夜、タマタマちゃんを頬張《ほおば》っているときにそう思った。少なくとも、勝也さんより大きい」

葉月が笑った。

(そうか……俺のキンタマは部長よりデカいのか！)

これが、おチンチンそのものなら手放しで喜んでもいいような気がする。だが、キンタマはどうなのだろう——。

そのとき、葉月の顔が近づいてきた。

あっと思ったときには、キスされていた。

葉月の柔らかな唇が押しつけられ、ぐっと抱きしめられる。

翔平は周りの目が心配だったが、こういうときは、きちんと応えなくては男じゃない。必死に唇を合わせて、葉月の身体を抱きしめる。

ごく自然にキスが情熱的なものになり、葉月の甘い息づかいや唇や唾液が翔平を昂《たか》ぶらせ、分身が頭を擡《もた》げてきた。

葉月はすぐに気づいて、キスをやめ、

「路地に入ろうか。いくら何でも、ここじゃ、これ以上無理だから」

耳元で囁《ささや》く。

うなずいて、翔平は立ちあがる。

突っ張った浴衣の股間を隠し、葉月に連れられて、家と家の境にある細い路地に入っていく。

お土産屋さんと酒屋の境で、ここなら暗いし、エアコンの室外機などが置いてあるから、路地に入ってくる人はいないだろう。

ちらりと道側を見て、葉月はキスをする。唇を合わせながら、今度は翔平の浴衣の前を割って、ブリーフのなかに手をすべり込ませてきた。

ひんやりした指が勃起《ぼっき》をつかんで、ゆったりと握りしごく。そうしながら、舌を差し込んで、からませてくる。

葉月も部長に今度のような態度を取られ、落ち込みそうになる心を必死にかきたてようとして、翔平を相手にしてくれているのだろう。

ブリーフの下でイチモツがギンとしてくると、葉月は翔平を背中が道に向く形で立たせて、その前にしゃがんだ。

なるほど、こうすれば、道から見えるのは、翔平の背中だけになる。前は突き当たりの袋小路になっていて、見られることはない。

ブリーフが膝《ひざ》までさげられて、躍り出てきたものを、葉月はにこっとして見あげて言った。

「部長の奥さまも、こういうことをしたんじゃない？」

「えっ……ああ、はい」

「やはりね、そんな気がしていた。それはね、勝也さんがこういうのを好むからなのよ。女は好きな男に教育されて、こうしたら、男は悦《よろこ》ぶということを覚えてしまうの。わたしもそうなのよ」

そう言って、葉月がちゅっ、ちゅっと先っぽに唇を押しつけてきた。

たとえどんな事情であれ、こんなことをされて、悦ばない男はいないだろう。

「あっ……くっ……」

洩《も》れそうになる声を押し殺していると、分身が温かいものに包まれた。

葉月が咥え込んできたのだ。

立っている翔平のイチモツの根元を握り、余った部分に唇をかぶせて、すべらせる。

（ああ、くっ……気持ち良すぎる！）

葉月の口唇《こうしん》愛撫は昨夜と同じで、巧妙で情熱的だった。

翔平は心配になり、振り返って、道のほうを見る。

浴衣姿の人がたまに通りすぎていくが、こちらを見る者はいない。

その間も、葉月は指を放して、唇だけで頬張ってくる。

「んっ、んっ、んっ……」

小さな声を洩らして、結いあげられた頭を振り、時々、様子をうかがうように見あげてくる。ちゅっぱっと吐き出して、

「気持ちいい？」

と、訊《き》く。

「ええ、すごく……この冷たい外気と、口の温かさのギャップがたまらないです」

「まだ、大丈夫かしら」

「ええ、平気です」

「出そうになったら言ってね」

葉月がまた頬張ってきた。

イチモツを握った指でしごきながら、それに合わせて唇をすべらせる。

根元を圧迫されてしごかれる快感と、亀頭冠《きとうかん》を唇と舌で擦《こす》られる快感がないまぜになって、痺《しび》れるような感覚になった。

「ダメです。出ちゃう！」

早くも訴えると、葉月はイチモツを吐き出し、翔平の後ろの道を見て、

「大丈夫そうね。ねえ、後ろからして」

葉月は両手で家の壁につかまって、腰を折り曲げた。

前は行き止まりになっていて、まず見られることはない。問題は背後だが、暗いし、翔平は背中を向けているから、たぶん大丈夫だろう。

不安を振り切って、市松模様の浴衣の裾《すそ》を帯が隠れるまでまくりあげた。

びっくりした。なんと、葉月はパンティを穿《は》いていなかったのだ。

暗いが、いや、だからこそ浴衣からこぼれた尻の白さははっきりとわかる。

「あそこを触ってみて」

葉月が求めてくる。

おずおずと尻の底を指でなぞると、そこはもう濡れているのがはっきりとわかり、ぬるぬるした感触が指にまとわりついてくる。

「すごく、濡れてます」

「そうでしょ。わたし、男性のものを咥えていると濡れてくるみたい。いいわよ、入れて……欲しいの」

葉月がくなっと腰をよじった。

こうなったら、やるしかない。

幸い、股間のものはギンとそそりたっている。翔平はいきりたつものの先で、尻の底をなぞった。

バックからするときの膣口《ちつぐち》の位置はだいたいわかったが、これは立ちバックだから、またちょっと勝手が違う。

尻たぶの谷間に沿っておろしていき、濡れている箇所をさぐりあてた。たっぷり濡れていれば、位置もわかるのだ。

（よし、ここだな）

濡れ溝に切っ先を擦りつけて、押し込んでいく。切っ先がぬるりと嵌《は》まり込んでいき、

「あうっ……！」

葉月ががくんと顔をあげて、小さく喘《あえ》いだ。

必死に声を押し殺そうとしても、出てしまう感じだ。

「くっ……！」

と、翔平も奥歯を食いしばる。そうしないと、一気に洩れてしまいそうだった。それほど、葉月の膣は締めつけが強かった。

とろとろなのに、ホールド力は強い。

翔平はくびれた腰をつかみ寄せ、ぐいぐい突いた。

先っぽが奥を確実に押し込んでいる感触があって、翔平も一気に高まる。

葉月も、好きな奥を突かれて感じているのか、

「んっ、んっ、んっ、んっ……」

洩れそうになる声を押し殺しながら、折り曲げた身体を揺らしている。

(ああ、出そうだ……！)

翔平が激しく突いたとき、

「ゴホン」

道のほうから、咳払いが聞こえた。

ハッとして振り返ると、この地域の住人らしい、洋服を着た初老の男がこちらを見ていた。

（ヤバい……！）

翔平はとっさに結合を外す。

葉月も反応して、浴衣の裾をおろす。

こちらを見ていたその人は、幸いなことにすぐに立ち去った。

だが、こうなると、さすがに怖くてできない。

二人はしばらく時間を置いて、路地から石畳の道に出た。

「あの、また、どこかで……」

翔平は欲望を抑えきれずに言う。

「せっかく来たんだから、外湯に入りましょう。まずは、そこね」

葉月が指した公衆浴場は、破風《はふ》の美しい建物の大きな外湯だった。

二人は出る時間を決めて、歩いてすぐの外湯に入った。

そこは瓢簞形《ひょうたんがた》の内湯で、奥に『洞窟風呂』という名前の半露天風呂がある。

翔平は興味をそそられて、そこへ向かう。

名前どおりの狭い洞窟のようなところだった。岩が剝《む》きだしで、かなり浅い。奥のほうにつかっていると、自分が子宮のなかにいるような気がした。

あの壺湯と包まれる感じが似ている。

たっぷりと子宮感覚を味わって、出ると、もう葉月が待っていた。

お湯につかった葉月の肌は艶《つや》があって、顔色もいい。

すると、葉月が手を翔平の肘《ひじ》の内側にすべり込ませてきた。ぴったりと寄り添ってくる。

もうひとつの外湯に向かいながら、翔平は幸せな気分だった。

行灯が静かな水面を照らすこの川は、夏には、灯籠《とうろう》流しが行われると言うが、きっときれいだろう。

「いいお湯だったわね」

「ええ、洞窟風呂がたまらなかったです」

「次は、ここね」

二人は出る時間を決めて、公衆浴場に入る。

平安の建物を思わせる浴場は、洗い場を新築したばかりらしく、新しい木の香りがした。

ここは全面露天風呂になっていて、奥の林からそこに向かって人工的に作られたなだらかな滝が流れ落ちており、桜や紅葉がライトアップされていた。今を盛りと、真っ赤に燃えた紅葉を滝壺のなかで味わう。

(この解放感……！ さっきの洞窟風呂といい、佐久部長はどの外湯がいいかわかっていて、この二つを勧めてくれたんじゃないか……)

だとしたら、やはり、部長はああ見えても、ちゃんと二人のことを考えてくれていることになる。

時間を気にしながらも、翔平はゆったりとつかる。

お湯から出れば寒いが、露天風呂につかっていると、のぼせなくてちょうどいい。

(こんなところに、女の人と一緒に入ることができたら、最高だろうな)

現に、京都で香弥子と紅葉風呂を体験しているだけに、余計にそう思ってしまう。

約束の時間ギリギリに外湯を出ると、ちょうど葉月も出てくるところだった。

葉月がまた腕の内側に手を入れて、くっついてくる。しばらく、城崎の町を散歩した。

「すごいわね、温泉の力は。まだ身体がポカポカしてる」

葉月が言う。

「そうですね。ほんと、そうです」

「きれいだったわね。真っ赤な紅葉が……」

「ええ、きれいでした。女湯にもあったんですね」

「あったわよ、もちろん。わたし、あの滝の下を長い間、占領していたの。申し訳ないとは思ったけど……でも、解放感があって、素晴らしかったわ」

葉月がぎゅっと腕にすがりついてきた。

3

二人が部屋に戻ると、二間の窓側の部屋の襖が閉め切られ、

「ぁあああ、ダメ……二人が戻ってきたみたいよ。ダメだったら……ぁあああん……」

香弥子の低い、いやがるような声が聞こえた。

ハッとして、二人は固まる。

（まさか、俺たちが帰る前にはじめてしまうとは……でも、考えたら、それはあり得ることかもしれない）

翔平が踵《きびす》を返したとき、葉月が止めて、

「わたしたちも、しようよ……」

耳打ちしてくる。

（えっ、だけど……）

翔平としてもさっきは中途半端に終わっていたし、葉月とセックスをしたい。しかし、ここでは……。

ためらっていると、葉月が羽織を脱いだ。

こちら側の和室に、二組敷かれている布団のひとつに仰向《あおむ》けになって、

「来て」

小さな声で言い、両手をひろげる。

結いあげていた髪は解かれ、長いストレートのつやつやの髪が枕の上にひろがっている。

片膝を曲げているので、浴衣の前がはだけて、流線形のふくら脛《はぎ》と真っ白な太《ふと》腿《もも》がのぞいていた。そのとき、

「ぁあああ、ダメだったら……あっ、あっ……」

隣の部屋から、香弥子の喘ぎが聞こえてきた。

ハッとして、閉め切られた襖に視線をやった。それから、葉月を見た。

「気にしなくていいのよ、抱いて」

葉月が、大丈夫とばかりにうなずく。

翔平も覚悟を決めて、羽織を脱ぎ、葉月に覆《おお》いかぶさっていく。

と、葉月がくるりと体勢を入れかえて、上になった。

部屋には暖房が入っていて、暖かい。

葉月は半幅帯をシュルシュルッと解いて、浴衣を肩からすべり落とす。その間も、

「あんっ、あんっ、あんっ……いやだったら……はうぅぅ」

香弥子の喘ぎ声が、隣室から聞こえてくる。

艶《なま》めかしい声は当然、葉月にも聞こえているだろう。その声にかきたてられるように、葉月は一糸まとわぬ姿で抱きついてきた。

唇を合わせながら、浴衣越しに股間を触ってくる。それが徐々に力強さを増すと、葉月はブリーフに手をかけて、一気に足先から抜き取った。

さらに、翔平の帯を解き、浴衣を脱がせた。

生まれたままの姿になると、翔平も完全に覚悟がついた。

(向こうだって、しているんだから、いいんだ)

葉月は翔平を抱きしめて、キスをする。キスを肩口から胸板へとおろしていき、乳首を舐《な》めてくる。

温泉につかっていたせいだろう、葉月の肌はすべすべで、身体もいまだにポカポカしている。

葉月はちろちろと舌を使いながら、両手で撫でさすってくる。一方の手が下半身に伸びて、いきりたつものを握った。

強弱つけて握り、時々、しごきながらも、胸板に舌を走らせる。

ぞわぞわっとした戦慄《せんりつ》が起こって、翔平のイチモツはますますギンと力を漲《みなぎ》らせる。

「ねえ、舐めて……」

葉月が四《よ》つん這《ば》いになって、乳房を口許に押しつけてきた。

たわわで形のいい乳房が目の前にせまり、翔平はしゃぶりついた。片側のふくらみを揉《も》み込みながら、もう一方の乳首を舌でかわいがる。

すると、葉月は身悶《みもだ》えをして、

「あっ……あっ……ぁああ、いいの。乳首が感じるぅ」

声をあげる。

そのちょっとわざとらしい言い方で、きっと隣の間の二人にも聞かせたいのだと思った。葉月はセックスしながら、あの二人と戦っているのだ。

（よし、俺も……！）

翔平も俄然やる気になって、乳首を舐めた。右の次は左と、濃いピンクの突起を刺激しながら、もう片方の乳房を揉みしだいていると、

「ぁああ、気持ちいい……もう、我慢できないわ。しゃぶっていい？」

葉月が上から訊いてくる。

「もちろん！」

翔平はきっぱりと答える。

と、葉月は尻をこちらに向けて、またがってきた。

シックスナインだ。

葉月は胸も大きいが、どちらかと言うと、ヒップのほうに迫力がある。

逆ハート形の豊かな尻が突き出されて、その底には、濃い陰毛を背景に、女の

花園が息づいている。

この体勢で見ると、向かって右側の陰唇《いんしん》のびらびらがひろがって、谷間がわずかに顔をのぞかせていた。

そのとき、下腹部のイチモツがぎゅっと握られて、上下にしごかれた。

「あっ、くっ……！」

うねりあがる快感に、翔平は唸る。

次の瞬間、それが温かい口腔《こうこう》に吸い込まれていった。

くちゅ、くちゅといやらしい音がする。

葉月が唾液でまぶしたイチモツを頰張って、唇をすべらせているのだ。

(ああ、気持ち良すぎる！)

翔平はうっとりと、湧きあがる快感に酔いしれた。そのとき、

「ぁああ、もう許して、勝也さん、もう、イッちゃう！」

香弥子のさしせまった声が聞こえた。

思わず耳を澄ましていた。

だが、香弥子がイッた様子はなく、また、「あん、あん、ぁあん……」という喘ぎ声が隣室から洩れてきた。

それを耳にして、葉月はいっそう闘志をかきたてられたのか、ますます強烈にバキュームフェラを浴びせてくる。

「あああ、ダメッ……気持ち良すぎる！」

思わず言うと、葉月はちゅっぱっと音を立てて吐き出して、

「ねえ、舐めて……お願い」

せがむように、尻をくなっとさせた。

（ああ、そうだった。これはシックスナインだから、俺もクンニしないと）

葉月がこちらの状態を考えてくれたのか、イチモツを握るだけで、頬張らずに余裕を与えてくれた。

翔平は今だとばかりに、枕を頭の下に置き、顔を持ちあげた。

左右の尻たぶを開くと、陰唇もひろがって、内部の赤いぬめりがぬっと現れた。

すでに、充分に潤《うるお》っている。やはり、葉月はフェラチオをするとここがいっそう反応するのだ。

濡れている狭間《はざま》を舐めた。ぬるっ、ぬるっと縦に舌を走らせると、

「あっ……あっ……ぁあああ、翔平さん、気持ちいい……気持ちいい……ぁあああ

ああぁぁぁぁ」

葉月が心から感じているという声をあげたので、翔平も自分に自信が持てた。

花びらがひろがって、濃いピンクの粘膜が完全に姿をのぞかせ、唾液と蜜でいやらしくぬめ光っている。

翔平は下のほうの肉芽《にくが》を攻める。

シックスナインでは、性器が逆さまになるから、クリトリスを舐めやすい。れろれろれろっと舌を激しく動かすと、陰核が揺れて、

「あっ……ぁあああああ、それ……吸って。吸いついて！」

葉月がせがんでくる。

翔平は狙いを定めて、肉芽を吸引した。本体は小さすぎて、それだけを吸うことはできない。全体を頬張って、チューッと吸う。

「ぁあ、それ……いいの、いい……はぅぅぅ！」

葉月が顔をのけぞらせる。

翔平も葉月とは二度目だから、どこをどうすれば感じるのか、ある程度わかっている。

今度は、短く連続して吸ってみた。

チュッ、チュッ、チュッと吸い込むと、

「あっ……あっ……あっ……ぁああ、気持ちいい。それよ、それをつづけて……そうよ、そう……はうぅぅ……」

葉月はもう咥えることもできなくなったのか、肉棹《にくざお》を握りしめながら、がくん、がくんと震えだした。そして、

「ねえ、あそこに指をちょうだい。指を入れながら、クリちゃんを舐めて」

求めてくる。

翔平はちょっと悩んだ。

（この体勢でオマ×コに指を入れるとなると……そうか、親指なら……短いけど、太いからどうにかなるだろう）

上のほうで、膣口がわずかに凹《へこ》んで、そこからとろとろの蜜がしたたっている。

翔平は右手の親指を押し当てる。力を込めると、ぬるっと親指がすべり込んでいき、

「はう……！」

葉月が高く呻《うめ》いた。

そして、短い親指を膣の入口が強烈に締めつけてくる。

（すごい……オマ×コのうごめきがはっきりと指に伝わってくる。とろとろだけど、きゅんきゅん締めつけてくる）

親指をグラインドさせて、入口をひろげながら、浅瀬を擦って刺激する。

（そうだ……クリちゃんを舐めなきゃ）

持ちあげられた尻の狭間の下のほうで、飛び出している小さな突起をさがして、舌をぶつけてみる。

そのとき、葉月の右手が腹のほうから伸びてきて、自分の肉芽の包皮を二本指で剝いた。

びっくりした。まさか、ここまで手が伸びてくるとは予想できなかった。

さっきよりはるかに大きくなった肉の真珠が真っ赤にふくらみきっていて、翔平はそこをじかに舐める。

舌を横揺れさせて弾《はじ》き、さらに、頰張って、吸う。

チュッ、チュッ、チュッと吸い込みながら、同じリズムで親指をピストンさせた。

ぐちゅ、ぐちゅといやらしい音がして、蜜があふれる。それをつづけるうちに、葉月の様子が切羽詰《せっぱつ》まってきた。

「ぁあああ、そうよ、そう……オマンマンもクリも気持ちいい……。もう、ダメッ……欲しくなった。入れて、これを！」

握りしめていたものを、葉月が焦ったようにしごく。

翔平も欲望を抑えきれなくなっていた。葉月の下から抜け出て、真後ろについた。

四つん這いになったまま、葉月は両手と両膝を突いて、挿入《そうにゅう》を待ちわびている。

ここに来て、翔平はようやくバックからの挿入にも慣れてきた。

両膝立ちになって、今も元気な勃起《ぼっき》を尻たぶの谷間に沿っておろしていき、湿地帯をさぐった。

湿地帯と言うより沼地と化したそこに切っ先を押し当てて、ゆっくりと腰を入れていく。

上手くいった。

とろとろの肉路を切っ先が押し広げていく確かな感触があって、

「うあっ……！」

葉月が短く喘いだ。

翔平はヒップとウエストの境目をつかんで、引き寄せながら、腰をつかう。ぐりゅっ、ぐりゅっと肉柱が粘膜を擦りながら犯していき、

「あんっ……あんっ……ぁああ、深い。それに、きみのタマタマがわたしをぶってくる」

葉月が言った。

「キンタマが当たってますか？」

「ええ、当たってる。ぴたん、ぴたんって……」

「いやですか？」

「ううん、なかなかいいよ」

「じゃあ、もっと当ててみます」

翔平は強く腰を振った。

すると、屹立《きつりつ》が勢いよく潜り込む際に、確かに、キンタマが振り子のように揺れて、葉月の下腹部を叩く感触がある。

（知らなかった……これも一応、俺の長所ということにしておこう）

このまま深いところを突いていると、すぐに放ってしまいそうで、浅いところ

も加えた。

加減して、膣の浅瀬を突く。かるいジャブを放っている感じだ。
一、二、三と数えて、四拍目にぐいと腰を突き出す。すると、切っ先が子宮口あたりに届き、
「はう……！」

葉月がシーツを握りしめた。

しばらく同じリズムをつづけた。四拍目にぐいと奥まで突き刺すたびに、

「うあっ……！」

葉月は長い黒髪を躍らせ、顔と背中をのけぞらせる。

それから、葉月は左右の足をさらにひろげて、両肘を突いた。低い姿勢になったので、翔平も少し足を開いて、高さを合わせる。

「イキそうなの……つづけて……深く、欲しい」

了解して、翔平は長いストロークをつづけて浴びせる。

腰の位置が低いほうが、膣の圧迫感が強くなったような気がする。

（ああ、出そうだ……！）

必死にこらえて、深く強いストロークをつづけざまに叩き込んだ。

「あん、あん、あんっ……ぁあああ、来るわ。来る……来そうなの。そのまま……そのままつづけて……」

葉月がさしせまった声を放つ。

（よし、このまま……！）

翔平が強く打ち込んでいたとき、襖がスーッと開けられた。

エッと思って見ると、浴衣をはおった佐久部長と香弥子夫人が立って、こちらを見ていた。

4

翔平はギョッとして、結合を外す。

這っていた葉月も、あわてて上体を起こして、胸を手で隠した。

「悪かったな、お邪魔をして……もう少しで、イクところだったのにな」

佐久部長が余裕綽々《よゆうしやくしやく》に言い、隣の香弥子も「ゴメンなさい」と頭をさげた。

「……で、提案があるんだ。お互い、パートナーを換えないか？」

部長のまさかの提案に、

「はっ……？」

翔平は素っ頓狂な声を出してしまった。

「言ってることがわからないのか、翔平。相手を交換するんだよ。翔平が香弥子の相手をして、俺が葉月を抱くんだ」

もちろん、その意味はわかる。わからないのは、そういうことを言う部長の気持ちというか、魂胆《こんたん》だ。

（せっかく、よりを戻しつつある自分の妻を、また部下に抱かせるなんて……）

翔平は葉月を見る。

すると、葉月は恥《は》ずかしそうに乳房を手で隠しながらも、目力のある黒い瞳でじっと部長を見つめている。

その目を見て、葉月は部長に抱かれたいのだと思った。

（そうか……）

葉月の思いが、ストンと腑《ふ》に落ちた。

「香弥子はそうしたいと言っているんだが……翔平はどうだ？」

部長が訊いてくる。

「俺は……その……葉月さん次第です」

翔平はまた葉月を見る。

「なるほど。葉月に任せるってことだな……で、葉月はどうだ？」

「わたしは……奥さまがそれでいいとおっしゃるのなら」

葉月がその判断を香弥子にゆだねた。さっき、香弥子はＯＫしていると、部長が言っていたから、それはつまり承諾を意味するのだろう。

「……香弥子次第だってよ。お前の口から言ってくれ」

部長に振られて、香弥子が言った。

「わたしは……翔平に抱かれたいわ」

「よし、決まりだ。葉月、こっちに来い。香弥子はそっちの部屋でいいな？」

香弥子夫人がうなずいた。

葉月が浴衣を持って、窓側の和室に向かい、香弥子が翔平に近づいてくる。

「せっかくだから、襖は開けたままですることにしよう。なかなかこういう機会はないだろうし、どうせなら、お互い見えるようにしたほうが昂奮するだろう。

香弥子はどうだ？」

「わたしは、かまいませんけど……」

香弥子が悠然と答える。

「葉月は？」

部長に訊かれて、

「奥さまがいいとおっしゃるなら、わたしも構いませんよ」

葉月も対抗心を見せる。

「そういうことだから、翔平もいいな。よし、じゃあ、お前たちは勝手にやってくれ。俺たちも勝手にやるから」

そう言って、部長は葉月の耳元で何か囁きながら、すらりとした裸身を抱きしめた。葉月も同じように、部長の耳元で何か言って、それから、二人はキスをする。

唇を合わせながら、背中や尻を撫でさすられて、葉月はその美脚を部長の太腿にからめ、ぎゅっと抱きしめる。

部長は葉月を抱きかかえるように布団に倒し、キスを唇から首すじ、胸のふくらみへとおろしていく。

部長の唇が乳房の頂《いただき》に達したとき、

「あっ……あっ……ぁあああ、いい……勝也さん、気持ちいい……」

葉月が身悶えをした。そのとき、

「何を見とれているのよ」

香弥子夫人が声をかけてきた。

「わたしたちも、はじめましょ」

そう言って、夫人は浴衣を脱いだ。

生まれたままの姿になった香弥子は、葉月のスレンダーボディとは違って、むちむちとして適度に肉がつき、その女らしい曲線が熟女の色気をただよわせている。

香弥子は自分から布団に、翔平を引きずり込むように寝て、ちらりと隣室を見て、

「ねえ、わたしたちも同じことをしたいの。隣を見ながら、翔平に主人と同じことをしてほしいの。いいでしょ？」

艶めかしい目で見つめてくる。

翔平は隣室を見た。

部長が、葉月の乳房をちゅっぱっ、ちゅっぱっと舐めて、

「あん、ぁああん……」

と、葉月がのけぞりながら喘いでいる。

シンクロナイズド・スイミング（今はアーティスティック・スイミングに変わ

ってしまったが）はよく聞くけど、シンクロナイズド・セックスなんて聞いたことがない。だいたい、できるわけがない。

「いいのよ、まったく合わせなくても。それじゃあ、きみ自身が出せないし、集中できないものね。でも、だいたいでいいから合わせてほしいの。どう？」

「ああ、はい……やってみます」

そう答えるしかなかった。

翔平は早速、香弥子の胸のふくらみに吸いついた。

これまでの出遅れを挽回《ばんかい》しなくてはいけない。

双乳を揉みしだき、乳首を舐める。

香弥子の乳房は葉月よりたわわで、丸みがあって、豊かだ。

乳首はセピア色にピンクをまぶしたような色だが、授乳経験がないせいか、粒立った乳暈《にゅううん》からツンと頭を擡げた姿はまだまだ若い。

それに、色白のせいか、薄く張りつめた乳肌から、青い血管が透《す》け出ていて、揉むたびにふくらみが柔らかく形を変える。

唾液をまぶした乳首を舌でれろれろしながら、もう片方の乳房を揉みしだいた。

「ああ、上手よ。ほんとうに上手くなった。わたしが教えたから？」

「ああ、はい。奥さまのお蔭です」

そう答えて、ちらりと隣室を見た。

部長は葉月の両腕をあげさせて、腋《わき》の下に顔を埋めていた。

「ぁあん、勝也さんったら、くすぐったい……くすぐったいったら……あっ、ぁあああ、はうぅぅ」

葉月が顎をせりあげるのが見えた。

（これ、俺も葉月さんにやったよな）

そう思いつつも、翔平は同調して、香弥子の両腕をあげさせる。すると、香弥子は「はい、これね」とばかりに自分の右手で左の手首を握って、両腋をあらわにした。

「いいのよ。キスして、舐めて……」

「はい……」

翔平は顔を腋の下に埋めて、キスをする。

甘ったるい汗の香りがする腋窩《えきか》に唇を押しつけ、さらに、舌を這わせる。微妙な丘陵の感じられるそこをぬるっ、ぬるっと丁寧《ていねい》に舐めると、

「ぁあああぁ、それ……ぞくぞくするの。恥ずかしいけど、気持ちいいのよ。ぁあああああうぅぅ」

香弥子が派手に喘いだ。

明らかに、隣の二人に聞かせようとしているのだと思った。

「ぁあん、そんなところも……ぁああうぅ、気持ちいい」

葉月の声に隣室を見ると――。

葉月がいつの間にか布団に腹這いになり、その尻たぶの狭間を部長が舌でツーッ、ツーッと舐めあげていた。

（うん、これは？）

翔平は尖《とが》った乳首を舐めながら、じっくりと見た。

（ああ、やはり、これはバッククンニってやつだな）

バッククンニはまだしたことがない。

よく見ると、部長は葉月の腹の下に枕を置き、尻を高く持ちあげさせて、その尻たぶの底に舌を走らせているのだ。

（こうだな）

香弥子に腹這いになってもらい、腹の下に枕を置いた。そして、持ちあがった

尻たぶの底を舐めようとすると、

「あわてなくていいから、背中のほうから舐めてほしいの。女の人は背中も感じるのよ。脇腹もね」

香弥子が言う。

（そうか……）

盛りあがった肩甲骨《けんこうこつ》の真ん中の、色白できめ細かいもち肌を、つるっ、つるっと舌でなぞってみた。

「ぁああ、そう……ぞくぞくする」

そう言う香弥子の声が震えていた。

そのまま、背骨の両側に舌を走らせ、次は脇腹をスーッと舌でなぞりあげると、

「ぁあんん……！」

香弥子がひくっとして、震えた。

サーッと鳥肌立って、いかに香弥子が感じているのかがよくわかった。

（よし、ここだな）

反対側の脇腹にも舌を走らせた。

脇腹を舐めあげ、次に下方に向かって舐めさげていると、ぐぐっと尻が持ちあがってきた。

もともと、枕で持ちあがっていたヒップがさらにせりあがり、まるでここにも欲しいとばかりに、いやらしくせりあがってくる。

きっと、これはもうクンニをしてほしいってことだろう。

翔平は真後ろについた。持ちあがったふっくらとした尻たぶの谷間に、セピア色のアヌスの窄《すぼ》まりが見えた。その下に、ぷっくりとした女の花びらがひろがって、内部の鮭紅色のぬめりをのぞかせている。

（ここだな……）

翔平はそのものを舐める前に、気になってしようがないアヌスの窄まりを舌で突いてみた。

「あん、そこは違うでしょ……やめて、汚いわ」

最初はいやがっていたのに、窄まりの中心を舌先でちろちろと舐めると、

「汚い……きたな……あっ、ぁあああん……ぁあああ」

香弥子は気持ち良さそうに、尻をさらにせりあげてきた。すごい角度だった。

尻を頂点に、三角形ができている。

翔平はたっぷりと窄まりに舌を走らせてから、女性器本体を舐める。

舌をおろしていくと、感触が変わる。

アヌスは硬く、濡れていない。だが、本体は合わせ目がひろがって、内部の粘膜を舌がすべっていく。ぬるぬるしたものに必死に舌を往復させる。

何かと感覚が似ていると思った。

(ああ、そうか……シックスナインだ。バッククンニはシックスナインの変化技なんだ)

現に、香弥子はもっと舐めてほしいとばかりに、どんどん尻が突きあがって、シックスナインの形になろうとしている。

(確か、香弥子夫人も葉月さんと同じで、クリトリスを吸われると気持ちいいって言ってたよな。しかも、剝いた肉真珠を……)

思い出して、下のほうの突起の包皮を指で剝いた。

そこはすでにふくらみきっていて、珊瑚色《さんごいろ》の光沢を放っている。

その丸みを舌で上下に舐め、左右に弾いた。細かくそれをつづけるうちに、香弥子の気配が変わってきた。

「ぁあああ、あああ……いい……いい……いいい……ぁああ、吸って。香弥子のお豆を吸って」

あからさまに求めてくる。

よし、とばかりに、翔平は肉芽に吸いついた。苦しい姿勢だが、尻があがっているのでどうにか吸うことができる。

肉のお豆を吸引すると、

「ぁああ、それ！　あっ、あっ、ぁあああ、おかしくなるぅ」

香弥子がさしせまった声をあげて、尻を痙攣《けいれん》させる。

感じているのだ。つづけざまに吸った。

チュッ、チュッと吸いあげると、香弥子はもうどうしていいのかわからないといった様子で、

「ぁあああああ……もう、ダメっ……」

がくがくっと震えて、持ちあがっていた尻を落とした。

(イッたのか？　まさかな……)

様子をうかがった。そのとき、

「ぁああ、たまらん。葉月のフェラは最高だな」

部長の声がした。

そちらを見ると、窓の桟《さん》に部長が座って、足を開き、その前にしゃがんだ葉月がイチモツを頬張っていた。

「おい、翔平。お前もここで、香弥子におしゃぶりしてもらえ。ここに座ってると、外がよく見えるぞ」

部長がまさかのことを言って、翔平を手招いた。

どう対応していいのかわからず、香弥子を見た。

「わたしはいいわよ。きみもしたいんじゃないの？」

香弥子が微笑《ほほえ》む。その目はたぶん、さっきイッたからだろう、どこかとろんとして潤みきっている。

「俺は、その……」

「いいのよ。行きましょ。お口でしてあげるから」

香弥子が立ちあがり、翔平の手を引いた。隣室に連れていかれ、部長のすぐ隣に座らされる。比較されるのがいやで、そこを手で隠していると、香弥子が言った。

「大丈夫よ。二人とも同じくらいのサイズだから。翔平のほうがカリは張っているし、タマタマちゃんは大きいから」

「おい、俺のほうがデカいだろうよ。カリだって……確かに、キンタマは負けてるような気がするけどな」

佐久部長が苦笑する。

「ほら、おチンチン、さっきより縮こまってるじゃないの。わたしが大きくしてあげるから」

香弥子が翔平の手を外して、顔を寄せてきた。

やや小さくなったおチンチンをぱっくりと頬張り、ぐにゅ、ぐにゅと舌をからませてくる。

あっという間に分身が力強さを増し、ギンとしてきた。香弥子は頬張りながら、嬉しそうに見あげてくる。

柔らかくウエーブした黒髪をかきあげ、先っぽの割れ目にちろちろと舌を這わせている。

また翔平を、上目づかいに見て、目を伏せた。

それから、裏筋をツーッ、ツーッと舐めあげた。同時に、右手で皺袋をやわやわとあやしてくれる。

（ああ、キンタマも気持ちいい……！）

思わず目を閉じて、うっとりした。そのとき、部長の声がした。

「おい、外を見てみろ。きれいだし、昂奮するだろ？」

佐久部長の言葉には、ごく自然に体が反応するようになっている。

首をねじって、開け放たれた窓から外を見た。

すると、古くからの豪華な旅館のひろい庭の向こう側に、大谿川が静かに流れ、この時間だというのに、いまだ何人かの浴衣姿の男女が、左右の道路を連れ添って歩いているのが見える。

カラン、カラン、カッ、カッと、下駄の音がここまで響いてくる。

そして、街灯に浮かびあがった柳の木が、石のアーチ橋に垂れかかっている様子がとてもやさしい。

しかし……。ここは多くの文豪や歌人が訪れ、今も与謝野晶子《よさのあきこ》らの歌碑が随所に立つ、文学の町でもある。そんな由緒《ゆいしょ》ある地で、こんなことをしていてもいいのか——。

そう思ったとき、

「どうだ、こういう景色を眺めて、おしゃぶりされるのはたまらんだろう。男に生まれてよかったって思うだろ？」

部長が声をかけてきた。

「あ、はい……」

「こうやって男に愉《たの》しんでもらうことが自分の悦びになる女性がいることは一面の真実だ。お前だってそうだろ、好きな女を悦ばせたいはずだ。クンニして感じてくれたら、うれしいよな」

「はい、それは」

「それと同じなんだよ。相手のことが好きなら当然……ぁああ、くっ……たまらん。葉月、お前のおフェラは最高だ。ぁああ、おおぅ……！」

部長が途中で言葉を切って、吼《ほ》えた。

見ると、葉月がぐいと包皮を押しさげて、亀頭冠を中心に勢いよく唇をすべらせている。

きっと、部長の言葉で発奮したのだろう、香弥子もピッチをあげた。根元を握って上げ下げしながら、同じリズムで亀頭冠に唇を往復させる。ウエーブヘアが揺れて、

「あっ、くっ……！」

翔平はたちまち追い込まれる。

部長と違うところは、持続時間だろう。まだ若いのだからしようがないとは思うが、翔平は激しいフェラチオを受けると、あっという間に放ってしまう。

「ぁあぁ、ダメです。出ちゃいます」

ぎりぎりで訴えると、さすがにここで口内射精はないと思ったのだろう。香弥子がちゅっぱっと吐き出して、指だけのしごきに変えた。

「三擦り半に近いな。しょうがない。若い頃は俺もそうだった。そのうち慣れるさ……葉月、そろそろ嵌めたくなった。二人もこの部屋でやれ。そっち側の布団で」

そう言って、部長が立ちあがった。

葉月がこちら側の布団に四つん這いになって、高々とお尻を突きあげた。そして、後ろについた部長が屹立を押し込んでいき、

「ぁあああ……！」

葉月がそれだけで、シーツを握りしめた。

部長は葉月の肩を片手で持って引き寄せ、後ろから腰をつかった。

ズンッ、ズンッと力強く突かれて、

「あん、あん、ぁあああ……これが欲しかったの。勝也さんのおチンチンが欲し

かったの。ぁああ、届いてる。お臍《へそ》まで届いてるぅ」

葉月がのけぞりながら、悩ましい声を放つ。

それを見ていた香弥子が、

「ほら、来なさい」

と、すぐ隣に敷かれてあった布団に翔平を導き、葉月と同じように四つん這いになった。

「入れて。ちょうだい、早く……」

振り返って、尻を突き出してくる。

すぐ隣では、「あん、あん、あん」と葉月の甲高《かんだか》い喘ぎ声が響いている。

さっきより距離が詰まっていて、すぐ近くで、二人の様子がわかるから、臨場感がすごい。

葉月の悩ましい声を耳にすると、自分も葉月と身体を合わせたせいなのか、分身がぐんぐんと頭を擡げてきてしまうのだ。

香弥子のぷりっとした肉感的な尻が、早く欲しいとばかりに揺れている。

翔平は真後ろについて、いきりたつものを押し込んでいく。慣れてきて、一発で決まった。

「ぁああ、すごい。翔平のおチンポ、カリが張ってて、気持ちいい」

香弥子が言う。明らかに、隣の布団の二人を意識しての言葉だろうが、それでも、うれしい。

何より、香弥子が「おチンポ」と口にしたことに昂奮した。

その高揚感のまま、バックから突く。

夫人の膣はいつものように柔らかく、濡れまくっている。そして、いつも以上に緊縮力がある。

まったりとからみつきながらも締めつけてくる膣を、調子に乗って突いていたら、さっきのフェラチオの余韻《よいん》を引きずっていたせいか、すぐに洩らしそうになった。

「あ、くっ……」

奥歯を食いしめて、暴発に耐えた。

しばらくすると、香弥子が自分から腰をつかいはじめた。

両肘を突いた姿勢で、全身を前後に動かしながら、豊満な尻をぶつけてくる。

すると、いきりたったものを膣が擦りあげてきて、翔平はその快感に酔いしれる。

香弥子はそうやって自分からイチモツを下の口に呑み込みながら、時々、隣を見る。

やはり、二人のことが気になっているのだ。

すぐ隣の布団では、部長が葉月の両腕を後ろに引っ張って、上体を浮かせ、斜めになった肢体を、後ろから突きあげていた。

「ぁああ、翔平。あれをやって……」

香弥子が求めてきた。

(両腕を引っ張るなんて、あんなこと、できるのか?)

不安だが、ここはやるしかない。

香弥子が顔を枕につけて、両手を後ろに差し出してきた。

翔平はその肘のあたりをつかんで、少しずつ後ろに体重をかけて、引っ張りあげる。落としたら、香弥子はそのまま顔を打ちつけることになるから、しっかりと握り、ぐいと引きあげた。

香弥子の上体が持ちあがってきた。

斜めになった香弥子の肘をがっちりとつかんで、腰を突きあげる。

翔平のものは標準サイズだから、この体勢ではあまり深くは入らない。

それでも、香弥子はこのスリルというか、アクロバチックな姿勢がいいのか、

「あん、あん、あんっ……すごい。翔平、できてるわよ。ぁあぁ、気持ちいい……翔平のおチンポがわたしのオマンマンを突きあげてくる」

あからさまな言葉を口にする。

「おチンポ」「オマンマン」……。

香弥子の口から発せられるその卑猥《ひわい》な言葉が、翔平をかきたてる。

ぐいぐい突きあげていると、すぐ隣から、

「ぁあぁあ、これ……これ、好きなの」

葉月の声が聞こえた。

見ると、二人は体位を変えて、仰向けになった葉月のすらりとした足の膝裏をつかんだ部長が、正面から打ち込んでいた。

それに気づいた香弥子が、

「ねえ、あれをやって……」

せがんでくる。

翔平もやったことがあるから、不安はない。むしろ、好きな体位だ。

香弥子の手を片方ずつ放していく。

夫人が自分から仰向けになって、足を持ちあげる。

何度も突かれて、真っ赤になった熟肉がぬらぬらといやらしく光って、口を開けていた。

翔平は膝裏をつかんで、持ちあげながら押しつけ、その淫《みだ》らな孔《あな》にイチモツを潜り込ませていく。

切っ先がどろどろになった粘膜を押し広げていって、

「あうぅぅ……！」

香弥子が顎をせりあげた。

（ああ、やっぱり、これ、気持ちいい……！）

蕩けた内部がざわめくようにして波打ち、分身を包み込んでくる。

膝裏を持ちあげているから、膣口の位置も少しあがり、打ち込みの角度がぴったりと合って、奥のほうへと届いている気がする。

ゆったりと腰を振った。

すると、如意棒《にょいぼう》がずりゅっ、ずりゅっと深いところに嵌まり込んでいく感触があって、

「ぁあああ、すごい、差し込んでくるぅ……」

香弥子がぐぐっとのけぞる。

思わず、膝裏をつかむ手に力がこもってしまう。

（ああ、気持ちいい……だけど、我慢だ。香弥子さんがイクまでは、出しちゃダメだ！）

こらえながらストロークしていると、

「こっちに……抱いて」

香弥子が求めてくる。

隣を見た。いつの間にか、部長が折り重なるように、葉月とキスをしていた。キスしながらも、腰が動いている。

（そうか……あれだな）

翔平も膝を放して、覆いかぶさっていく。

唇を合わせると、香弥子は自分から舌を差し込んできた。翔平も一生懸命に舌を迎え撃つ。

ねろねろと舌をからませながら、腰を動かしてみた。

あまり深くは入らない。けれども、半分くらいは嵌まっている。

浅いところをイチモツで擦りながら、キスをする。

「んんんっ……んんんっ……んんんんんっ……ぁあああ、気持ちいい」

香弥子が自分からキスをやめて、ぎゅっとしがみついてきた。

翔平も抱きつきながら、腰を動かす。

「ぁああ、気持ちいい……幸せよ」

香弥子がさらに腕に力を込めて、耳元で囁く。そのとき、

「あんっ、あっ、あんっ……ぁああ、壊れちゃう。わたしのあそこが壊れちゃう……ぁああ、苦しい……苦しいくらいに気持ちいい」

葉月の逼迫《ひっぱく》した声が聞こえた。

見ると、葉月のすらりとした足を肩に担いだ部長が、いきりたちを勢いよく叩き込んでいた。

葉月の抜群のプロポーションが腰から折れ曲がって、美脚と腰が鋭角になり、その足を担いだまま部長はぐっと前に屈んで、上から腰を打ち据《す》えている。

ちらりと見ると、香弥子がうなずいた。

あれをしてほしいということだろう。

初めてだから、上手くいくかどうかわからない。だが、ここはチャレンジするしかない。

翔平は上体を立てて、太腿がむっちりとした足を肩に乗せた。それから、ぐっと前に屈み込む。片足が外れて、またやり直した。

今度は上手くいった。

香弥子は身体が柔軟だった。腰がかなり深い角度まで折れ曲がって、翔平の顔のほぼ真下に、香弥子の顔があった。

やはり、つらいのか、ちょっと苦しそうな顔をしている。それでも、

「ああ、わたしもこれ好きよ。深いの。深いところに入ってる。この圧迫感がたまらないのよ」

そう言って、とろんとした目で見あげてくる。

同じことを、翔平も感じていた。

膣口がやや上を向いているせいか、のしかかる翔平の勃起の角度とぴたりと合って、先っぽがごく自然に深部に届いているのがわかる。

翔平は両手を布団に突いて、上から打ちおろしていく。

と、イチモツが勢いよく嵌まり込んでいき、子宮口近くを打って、

「ぁああっ……いい！　すごい、すごい、すごい……くわあぁ、へんになる。わたし、へんになる……もう、なってる……」

香弥子が必死に翔平の腕にしがみついて、上へ上へと向かおうとする身体を押さえている。

翔平も一気に追い込まれた。

こらえて打ち据えた。

上から振りおろしていき、途中からすくいあげるということをごく自然にしていた。

（もう、ダメだ……出てしまう！）

そう感じたとき、

「ぁああ、もう、もう……イク……勝也さん、イッていい？」

葉月の切々とした声が聞こえた。

「もう少し我慢しろ。どうせなら、香弥子と一緒にイケよ。そのほうが醍醐味《だいごみ》がある。そうだろ、香弥子」

部長が言い、

「そうね。わたしもうイキそうなの……翔平、今のままでいいから、つづけて突いて。お願い」

香弥子に請われて、翔平も腰を振った。

同じ部屋での二組のセックス自体が稀だと思うが、女性を一緒にイカせようとする部長はどうなっているんだろうか。その精神構造が知りたい。

それでも、ここは部長の願いを叶えたいし、香弥子夫人をイカせたい。

翔平はぐっと奥歯を食いしばって、しゃにむに打ち込んだ。

「あんっ、あんっ、あんっ……ぁああ、深い……もう、もう、ダメっ……イキそう。わたし、イッちゃう!」

香弥子が切羽詰まった声をあげ、両手で布団の縁をつかんだ。

打ち込むたびに、ぶるん、ぶるるんと豊乳が大きく揺れる。そのとき、隣からも、葉月のさしせまった声が聞こえた。

「あう、あう、あんっっ……来るわ。来ます……勝也さん、イッていい?」

「いいぞ。イケ。そうら……」

部長が上から激しく打ち込んだ。

「今よ、翔平、もっと突いて!」

今度は、香弥子が求めてくる。

翔平は無我夢中で打ち込んだ。洩らしそうになるのを必死にこらえて、上から打ちおろし、途中からしゃくりあげる。

「あん、あん、あんっ……ぁあああ、イクわ。翔平、わたし、イクぅ……イク、イク、イッちゃう……！　やぁあああああああぁぁぁぁぁ！」

香弥子が嬌声《きょうせい》を噴きあげて、のけぞり返った。

それとほぼ時を同じくして、

「来る、来る、来ます！　イクぅうううううぅぅぅぅ！」

葉月も気を遣《や》った。

(やったぞ。俺は部長から与えられた使命をなし遂げた！)

次の瞬間、翔平も熱い男液をしぶかせていた。

ここ数日のなかでも最高の射精で、体がジーンと痺れ、ごく自然に尻がびくびくっと痙攣する。

放ち終え、ぐったりとなって、覆いかぶさっていく。

すると、香弥子が、

「頑張ったわね」

と、頭を撫でてくれた。

しばらく休んでいると、佐久部長が言った。

「内風呂はまだ開いているだろう。男湯と女湯になるけど、しょうがない。行くぞ、翔平！」

浴衣姿の翔平の肩を抱いた。

「ああ、はい……」

この人、いったいどういう精神構造をしているんだ、と改めて思いつつも、翔平は達成感に包まれ、意気揚揚と男湯に向かった。

第五章　同僚ＯＬと初恋セックス

1

その夜は結局、小谷翔平と糸原葉月、佐久部長と香弥子夫人という組み合わせで、別室で寝た。

もちろん、もうくたくたで、セックスはできなかったし、隣室からもすぐに寝息が聞こえてきた。

（何か、俺、すごいことを体験したんじゃないか？）

翔平は昂奮さめやらずで、なかなか寝つけなかったが、それでも、しばらくして吸い込まれるように眠りの底に落ちていった。

そして翌朝、朝食を摂《と》ってから、葉月は「仕事があるから」と予定どおりに帰っていった。

三人でチェックアウトをするとき、佐久部長が言った。

「これから、京都に向かうから」

「えっ、姫路《ひめじ》じゃないんですか？」

「姫路は明日だよ。早めに京都を出て、姫路城を見る。夜になったら、寝台列車に乗って東京に帰る」

「そうだったんですか？」

「何だ、お前。聞いてなかったのか？」

「いや、そうですね。今日はどこに泊まるか、聞いていませんでした」

「京都の嵐山《あらしやま》に向かう。じつは、その嵐山で、お前にサプライズをしかけてある」

「サプライズ、ですか？」

何だろう？　しかし、今の段階で『サプライズがある』なんて言ったら、サプライズにならないんだけど……。

しかし、突拍子もないことを考える部長だから、そのサプライズが何であるか、まったく読めない。

「じゃあ、行くぞ。今なら、ぶらぶら駅に向かっても特急に間に合う。特急を乗り継いで、京都に向かう」

三人はゆっくりと歩いて、城崎温泉駅に向かう。

香弥子は着替えているが、今日も着物で、後ろから見ていても、淑《しと》やかで、優美だ。これが、昨夜、あんなに乱れた人と同一人物とはとても思えない。

やはり、女性はセックス中は変わるのだと思った。

午前中の城崎の町は静かで、癒《いや》される。柳通りを歩いていけば、アーチ橋が幾つもかかっている。川のほとりで葉月とキスをしたことや、路地での立ちマンを思い出してしまい、股間のものが硬くなりかけ、それを必死にこらえた。

駅前通りに出て、二人はお土産を大量に買い込んで、自宅に宅急便で送った。

翔平はお土産を買っても、あげる人がいない。

だいたい、翔平が城崎に行ったということ自体を公《おおやけ》にしてはいけないのだ。

三人は駅に到着して、特急に乗った。

乗り換えて、京都駅に着いたのは、正午過ぎだった。

京都駅で昼食を摂り、タクシーで嵐山に向かう。

嵐山の有名な渡月橋《とげつきょう》あたりで降りるのかと思ったら、違った。

タクシーが到着したのは、トロッコ亀岡《かめおか》駅だった。

「どうせなら、翔平もトロッコ列車に乗りたいだろう」

「はい、すごく乗りたかったです」

　これがサプライズか？　違うよな……。

「今の紅葉の時季はとくに、景色がいいぞ。保津峡《ほづきよう》がな……」

　駅の階段をのぼって、亀岡駅の駅舎へと入っていく。二人についていき、足を踏み入れたとき、これは夢かと思った。

　駅のベンチに座っていた若い女性が立ちあがり、こちらに向かってにこっとして、頭をさげたからだ。

　同期入社で、翔平が片思いをしている鮎川淳子だった。

（な、なんで、淳子ちゃんがここに……だいたい、今日、彼女は会社なんじゃないのか？）

　呆然としてしまって、翔平は立ち尽くす。

（ひょっとして、これが部長の用意したサプライズか？）

　もしそうだとしたら、これはサプライズすぎた。まさか、淳子が京都の嵐山まで来るなんて――。

　喜びが込みあげてきた。

「ちゃんと来たな。いい子だ」

佐久部長の言葉に淳子がにっこりしたとき、ふいにある思いが脳裏をよぎった。

（えっ、もしかして、やっぱり淳子ちゃんも部長の女なのか？）

きっと、そんな思いが顔に出たのだろう。

「ちょっと、来い」

部長が翔平の肩を抱いて、二人は駅舎を出る。

こんな時でも、周囲の紅葉した山々が目に飛び込んできて、美しいと思った。

「勘違いするなよ。俺は鮎川に手を出していない。いい子だとは思うが、さすがに距離が近すぎだからな。じつは今日、会社には彼女は俺の京都出張のお供ということにしてある」

そういうことか……。重役昇進確実の圧倒的な力がある佐久部長だからこそ、できることだ。

「翔平は、俺たち夫婦のマンネリ解消に役立ってくれた。だから、これはそのお礼だ。俺はきみたち二人のキューピッドになりたくてね」

「じゃあ、これが、部長のおっしゃっていたサプライズですか？」

「そうだ。翔平は、鮎川が好きだろ？」

そうか、知られていたのか——。

「……はい」

「じつは、鮎川もお前に好意を持っているらしいぞ」

「ほんとうですか？」

「ああ、俺が本人に確かめたんだから、事実だ。それに、鮎川には翔平が俺たちとともに旅をしていて、今日来たら、合流して翔平と……ってことは話してある。もちろん、翔平のセックス事情は話していない。それでも、来たんだ。これで、彼女の気持ちがわかるだろ？」

これまであまりモテなかったせいか、にわかには信じられない。しかし、今、駅舎に淳子がいるのだから……。

「今日は嵐山の旅館に泊まる。二部屋取ってあるから、お前は鮎川と泊まれ。絶好のチャンスじゃないか。向こうもその気になっているんだ。このチャンスを逃すなよ。まずは、嵐山を愉《たの》しめ。固くなるな。普通でいいんだ。わかったな？」

部長が、肩に手を置いて、顔を覗《のぞ》き込んでくる。

「……はい」

翔平は不安な気持ちを抑えて、答える。

「固いぞ、リラックスしろ。肩の力を抜け……普段どおりの翔平でいいんだ。鮎川はああ見えて、じつはリードしたがるタイプだから、逆らわず、流れに乗れ。で、ここぞというときに攻めろ。行くぞ、笑顔だ。にこにこしろ」

実に心強い部長が駅舎に入っていき、翔平もあとにつづく。

香弥子夫人と話していた淳子が、にこにこして近づいてきた。

コートをはおっているが、その下はぴったりとしたニットで、大きな胸のふくらみが強調されている。しかも、下はミニスカートでストッキングに包まれた足が伸びていた。

淳子はどちらかと言うと小柄なほうだが、足はすらりとしている。

そして、オッパイがデカい。

これで、ミドルレングスのボブヘアで、しかも、顔がかわいいときているから、好意を抱かない男はいないだろう。

「ひさしぶり。元気だった？」

明るく声をかけてくる。

「ああ……部長夫妻に旅に連れてきてもらって、すごく愉しいよ」

「そう……よかったね。ねえ、ホームに出て、写真を撮ってくれない？」

「ああ、いいよ」

二人はプラットホームに出た。驚いたのは、線路の向こうに、大小様々な何十ものタヌキの置物があることだ。

「あれは、信楽焼《しがらきやき》のタヌキなのよ。よく、お店の前とかに置いてあるでしょ。他に抜きんでるって意味で、繁盛の象徴になっているらしいの。それがなぜこの駅に置いてあるかは、謎みたい」

淳子がウンチクを垂れる。

「へえ、よく知ってるね」

「わたしもトロッコ列車は初めてなのよ。京都には来たことがあるけど。ただ、ネットで調べただけの知識だから、たいしたことはないの。これで、撮って」

淳子が手渡したパープル色のかわいいスマホで、大量の信楽焼のタヌキをバックに写真を撮った。

「翔平さんも来て。一緒に撮ろうよ。わたしが撮るから」

淳子はスマホを持った手をいっぱいに伸ばして、顔を寄せ合った二人をフレームに入れて、シャッターを切る。

カシャッと音がし、その出来上がりを確認して、

「もう少し近づいたほうがいいかもしれないね。はい、もう一枚」

淳子がさらに顔を寄せてきたので、接触している部分が多くなり、ドキドキしてしまう。

とっさにピースをした翔平の右腕がぶわんとしたふくらみに触れている。淳子のオッパイだ。

股間が反応したが、下半身は写らないはずだと気を鎮める。

撮り終えたところに、部長夫妻がやってきた。

そろそろ、トロッコ列車が到着する時間らしい。ここが終着駅であり、始発駅でもあるから、列車はここで反対方向、つまり嵯峨野《さがの》に向かう。

すぐに、列車がやってきた。前面も側面もガラスが多い、観光用に作られたオモチャみたいなお洒落《しゃれ》な車体だ。乗客が降りるのを待って、四人は乗り込む。

部長がここは進行方向左側のほうが、谷川がよく見えると言うので、そちら側の向かい合う座席に四人で座った。

女性軍が窓側で、男二人は通路側だ。

翔平の隣には、淳子が座っている。

コートを脱いでいるので、タイトフィットな白いニットがそのたわわな胸の形を浮かびあがらせ、隣にいるだけでドキドキしてしまう。

部長が言うように、こちら側からは保津川《ほづがわ》の流れと渓谷の斜面を飾る、錦絵のような景色がよく見えた。

緑、赤、黄、橙《だいだい》色が模様をなして、その下に清流が流れている。

川下りの舟も見える。

びっくりしたのは、トンネルが多いことだ。

部長の話では、二十五分の乗車時間で、八つもトンネルがあるという。

そのひとつの、もっとも長い五百メートル近くもあるトンネルに列車が入った。周囲が暗くなった次の瞬間、淳子が翔平の手を握ってきた。

(えっ……!)

一瞬、びっくりしすぎて、困惑した。

しかし、ここは握り返すべきだと思い、小さな手をかるく握った。いつの間にか、恋人つなぎになっていて、指と指がからみあう。

「長いだろ、このトンネル」

部長が話しかけてきて、

「そうですね。これ造るの、大変だったたでしょうね」

淳子が返す。それでも、翔平の手を握ったままだ。

きっと見つかってもいいと思っているのだ。

（やっぱり、度胸のある人なんだな）

大学生のときは、酔っぱらって池に飛び込んだことがあると言っていたが、その性格は今も変わっていないのだろう。

見た目は清楚で愛らしいのに、やることは大胆だ。

そのギャップに、翔平は萌《も》えてしまう。

斜め前の香弥子が、二人が手をつないでいるのを見て、にこっと口角《こうかく》を吊《つ》りあげた。それで、香弥子も応援してくれているのがわかった。

長いトンネルを抜けて、淳子が手を放した。

しばらくして、真っ赤に燃えた紅葉の木々が車窓から見えた。ここは赤以外ない。その深い赤が、列車を歓迎しているかのようだ。

二十五分かけて列車がトロッコ嵯峨駅に到着して、四人は降り、渡月橋に向かう。

和気藹々《わきあいあい》という感じで、渡月橋に着いた。

（これがあの有名な渡月橋か……！）

翔平は感慨にふける。

浅くてひろい桂川《かつらがわ》の清流にかかった大きな橋で、少し真ん中が高い弓形をしていて、欄干《らんかん》は木で組まれている。

浅い桂川では、岩場で白いサギが餌《えさ》か何かをついばんでいる。

「わたし、一度だけ来たことがあるの。何度来ても、ここは癒されるわ」

淳子が言う。

すると、部長が提案した。

「四人でぞろぞろ歩いていても、しょうがないだろう。俺たちは夫婦で好きなところを巡るから、翔平と鮎川も一緒にまわれ。鮎川は一度来たことがあるそうだから、だいたいわかるだろ？」

「はい……大丈夫です」

淳子が答える。

「午後五時に旅館に集合することにしよう。旅館はここだから」

部長が言って、香弥子がその旅館のデータを翔平のスマホにＬＩＮＥで送ってくれた。

「じゃあな、愉しめよ」

部長が声をかけ、踵《きびす》を返した。渡月橋とは反対に向かって歩いていく。

もしかしたら、翔平と淳子のことを考えてくれているのかもしれない。だいたい、この二手に分かれるということ自体に、部長夫妻の思いやりを感じる。

2

渡月橋を渡りはじめる。

すると、淳子が自分から身体を寄せて、翔平の手を握ってきた。

ドギマギしながらも、これだけ積極的なのだから、淳子は部長の言っていたとおりに、自分を好いてくれているのだと、自信が持てた。

恋人つなぎをして、橋の歩道を歩いていく。

「ほら、かわいい。水鳥が遊んでる！」

淳子がはしゃいだ。見ると、色のきれいなカモたちが群れて、すいすいと川面を泳いでいる。

「カモだね。確かに、かわいい」

「愉しいね」

「あ、ああ……愉しいね」

会話をしながら、橋の上を歩く。渡月橋は思っていたより長く、なかなか渡りきれない。

「緊張してるでしょ？」

淳子が胸のふくらみを押しつけてきた。

そのぶわわんとした感触に舞いあがりながらも、答える。

「そりゃあ、そうだよ。だって、まさか淳子ちゃんとこんなことできるなんて思っていなかったから」

「……部長から聞いたかもしれないけど、わたし、翔平さんのこと好きよ」

「ほんとうに？」

「ええ、ほんとうよ」

「でも、どうして俺なんか？」

「もう……そんなに自分に自信がないの？」

「……あるとは言えないな」

「まあ、でもそういうところが好きなの。謙虚なところが」

本人の口から言われると、少し確信が持てた。『謙虚なところが好き』というのは、喜んでいいのかどうかわからないけれど……。

思い切って、訊いてみた。

「じゃあ、佐久部長みたいな人は？」

「……あまり好きじゃないかな」

「でも、この前、懇親会で部長に呼ばれて、話してたよね」

「バカね。あれは、わたしが出した改革案のことよ。あれは無理だって、言われたの、それだけ……今回だって、翔平がいるって言われたから、来たの。自分に自信を持ってよ」

すごいな、淳子は改革案なんて出してるのかと驚きながらも、部長はタイプではないと聞いて、かなり安心した。

淳子がまたぎゅっと胸のふくらみを腕に擦《こす》りつけてきたので、股間のものが勃《ぼっ》起《き》しそうになって、ダメだ、ダメだと水鳥たちを見て、こらえた。

渡月橋を渡りきって、左側にある中之島《なかのしま》公園のベンチで少し休んだ。

と、淳子が、ズボンの股間にちらっと目を落として、言った。

「何か、あそこが三角になってるよ」

「あっ、ああ、ゴメン」

翔平はとっさに股間を押さえる。

香弥子や葉月なら、ここでおチンチンを触ってくる。だが、さすがに淳子はそこまではしない。

「戻って、しばらく行くと、宝厳院《ほうごんいん》って寺院があって、そこの庭がすごくきれいに紅葉してるみたいなの。そこから、竹林に行こうよ」

「わかった。俺は初めてでよくわからないから、淳子ちゃんに任せるよ」

「じゃあ、行こう！」

二人は渡月橋を戻り、宝厳院の紅に色づく庭を見て、それから、竹林を歩いた。どんなに周囲の木々が色づいていても、ここの青竹は緑一色だ。

長くつづく竹林に囲まれた道を二人で歩き、サラサラという竹の揺れる音を聞いていると、これは『デート』なのだという実感が湧いた。

途中にある野宮神社《ののみやじんじゃ》は、お参りすると恋愛が成就《じょうじゅ》すると言われているので、二人で参拝した。

そこから、人の流れとは逆方向に歩きだした淳子は、人の目がないことを確認すると、翔平を引き寄せて、キスをした。

いっぱいに背伸びして唇を合わせようとする淳子が愛らしかった。

翔平も受け止めて、唇を合わせ、小柄だが出るべきところは出たその身体を抱きしめる。

　キスを終えて、淳子がびっくりしたような顔で翔平を見た。

「どうしたの？」

「ううん、何でもない。思ったより翔平のキスが自然だったから、びっくりしちゃった。経験があるんだ？」

「一応……でも、たいしてないよ」

「そう？　ひょっとして、童貞くんじゃないかって思ってた。ゴメン、わたしの勘違いだった。じゃあ、もう一度……」

　淳子はふたたび背伸びしながら、唇を合わせてくる。

　翔平も唇をかるく合わせる。以前だったら、こんなにかろやかなキスはできなかった。キスって、どうしても緊張してしまうからだ。

　キスを終えて、胸に顔を埋めていた淳子が言った。

「さっきから、硬いものが当たってるんだけど」

「ああ、ゴメン。どうしても……」

「大丈夫。むしろ、うれしいかな……わたしがキスするだけで、こんなに大きくしてくれるんだって……触ってもいい？」

「ああ、もちろん……」

淳子は周囲を見まわして、人影がないのを確かめ、翔平の体に隠れるようにズボン越しに股間を触ってきた。

ちょっと触れるだけで、イチモツが一気にギンとしてきた。

「カチンカチン……すごいね。うれしい……」

そう言って、淳子がまた唇を合わせてきた。

舌を入れてはこないが、情熱的に唇を合わせ、いきりたったものをズボンの上からやさしく撫でられるだけで、先走りの粘液が滲んできた。

キスを終えると、淳子がしゃがみ込んだ。

「どうしたの？」

「ううん、大丈夫。立っていられなくなっただけ……立たせて」

翔平がその手を引くと、淳子は立ちあがったものの、足元がふらついていて、それを翔平が支えた。

(どうして、立っていられなくなったんだろう。もしかして、感じすぎて、腰が抜けちゃったとか？)

徐々に回復した淳子とともに、翔平は時間まで嵐山を満喫した。

3

そこは桂川から少し北側に入ったところにある、料亭も兼ねる和風の旅館だった。

いかにも京都という感じの、伝統的だがセンスのいい旅館で、翔平は溜め息が出てしまう。

今回の旅で泊まった旅館やホテルは、いずれもが高級で、翔平が利用したことのないものだった。

(俺も将来は、これほど立派な旅館に泊まれるぐらいのお金持ちになれるのだろうか?)

自信がない。

だが、今はダメだけど、努力すれば、きっと自分もこのクラスの旅館に泊まることができると信じたい。

部屋は部長が言っていたように二つ取ってあって、翔平と淳子は相部屋だ。

淳子の顔色をうかがったが、彼女は落ち着いていて、それが当然という顔をしているから、きっと、いやではないのだろう。

二人で部屋に入る。

一階の二間つづきの和洋室で、入口側の洋室にはダブルベッドが置かれ、窓側は和室で座卓が置いてある。

窓から見える日本庭園には、松や広葉樹、紅葉が植えてあり、緑、黄、赤の配色が目を愉しませてくれる。

部長がひと風呂浴びて、汗を流してから夕食にしようと言ったので、二人は着替える。

淳子は「恥ずかしいから」と、隣室に逃げてしまった。かすかに服を脱ぐ気配がする。

その音を聞きながら、翔平も浴衣《ゆかた》に着替える。しばらくして、襖《ふすま》が開いた。

その浴衣姿のかわいらしさにびっくりした。

落ち着いた赤紫色の地にトンボが飛び、かわいいが色っぽくもある。

「どう？」

淳子がシナを作った。

「きれいだよ、すごく……あんまり浴衣が似合うんで、びっくりした」

「トンボ、かわいいよね。こういう赤紫色、ボルドー色っていうのよ。秋に合う色なの……」

それから、淳子は部屋のお風呂セットを二つつかんで、ひとつを翔平に渡してくれる。

「行こう」

淳子は率先して動き、

「ダメじゃん。脱いだものをそのままにしておいたら」

翔平が脱ぎっぱなしにしておいたジャケットとズボンをハンガーにかけ、クロゼットにしまってくれる。

その姿を見ていて、胸がキュンとした。

こういうところに男は惚れるのだ。

淳子のあとにつづいて、翔平も部屋を出た。


四人は同じ席でわいわいと夕食を摂った。

これぞ、京料理という感じの夕食を終えて、食事処を出ようとすると、香弥子夫人が声をかけてきた。

「ああ、そうそう……九時から貸切り風呂を取っておいたんだけど、主人がもう風呂はいいって言うのよ。もったいないから、二人で入ってきて……淳子さん、いいでしょ？」

「ええ、ありがとうございます。使わせていただきます」

淳子がはきはきと答える。

（淳子ちゃんと貸切り風呂……！）

想像しただけで、胸だけでなく股間もうずうずしてきた。

「ああ、翔平くん、ちょっと……」

香弥子に呼び止められて、翔平は少し戻る。

「あの子、あまり経験はないと思うのよね。でも、きっとすごく感じやすいタイプだと思う。わかるのよ、わたしには……だから、頑張ってね。積極的にいってても大丈夫だから」

香弥子が耳元でそう囁《ささや》き、

「頑張ってね」

と、重ねて言って、翔平を送り出す。

「何だったの？」

淳子が訊いてきた。

「いや、たいしたことじゃないよ。ちょっと休んでから、貸切り風呂に行こう」

「やっと、積極的になってきたね」

淳子がすたすたと廊下を歩きだした。

午後九時、二人で貸切り風呂に向かった。

そこは露天ではなかったが、大きめの檜《ひのき》風呂で、窓からは庭の紅葉した木々が見える。

翔平が裸になって、先にお湯につかる。

すぐに、淳子が入ってきた。もちろん、裸だが、胸の上からタオルをかけて、乳房を隠している。それでも、想像以上に色白できめ細かい肌をしているし、胸が大きいことはわかる。

淳子がカランの所でタオルを外して、かけ湯をした。

それから、タオルを胸から垂らして、お湯に入ってきた。その瞬間、下腹部に淡い翳《かげ》りが見えた。

（薄いんだな）

そう思っただけで、股間が反応した。

「そっちに行っていい？」

「ああ、もちろん……」

淳子が近づいてきて、すぐ隣に身体を沈めた。タオルを縁に置いたので、一瞬見えたものの、たわわすぎる胸がお湯のなかに消えた。

お湯越しに乳房がグレープフルーツみたいに大きくて、乳首の色が透《す》きとおるようなピンクであることはわかった。

「いいお湯だわ。窓から紅葉が見えるし、木の香りもするし……お湯もさらさらしてる」

淳子がお湯を肩にかけながら言う。

「ほんと、いいお湯だね」

無色透明なお湯なので、白い乳房やピンクの乳首が透けて見えて、分身がますます頭を擡《もた》げてきた。

一瞬、それをしゃぶってほしくなったが、我慢した。

淳子が顔を肩に預けてきた。

「こうしていると、幸せ……」

「そうだね。俺も……」

緊張感からしばらく会話が途切れたが、翔平はここは男の自分のほうからしかけなくてはいけないと感じた。

淳子の顔をあげさせ、こちらを向かせて、唇を合わせる。

ぎこちなかったキスが徐々に激しいものになり、翔平は上と下の唇をちろちろと舐《な》める。舌をすべり込ませると、淳子がぎゅっと抱きついてきた。そして、自分からも舌をからませてくる。

しばらくつづけているうちに、淳子の息づかいが荒くなって、

「もう、ダメっ……」

淳子がいったん唇を離して、言った。

「わたし、なぜかわからないけど、キスするとおかしくなっちゃうの。力が抜けちゃって……」

翔平は今日、竹林でキスをして、おチンチンを触った淳子が座り込んだことを思い出した。あのときもこれが原因だったのだ。

（だったら……）

翔平はふたたび唇を奪い、舌を差し込んで、ねろり、ねろりと口腔《こうこう》を舐め、舌に舌をぶつける。すると、淳子は喘《あえ》ぎに近い声を洩《も》らしながら、

「んんんっ……ぁんんん……んんんっ」

しっかりと翔平に抱きついてくる。

それでも、勃起を握るようなことはしない。きっと、恥ずかしくて、なかなか自分のほうからはできないのだ。

このへんが、香弥子や葉月とは違うところだが、もしかしたら、これが一般的な女性の行動なのかもしれない。

(よし、こういうときは男が積極的に……)

さっき香弥子に言われたことを思い出して、翔平は乳房をつかんだ。

お湯から半分出た乳房をモミモミして、キスをつづける。

淳子の乳房は明らかに香弥子と葉月より大きくて、とても揉《も》み甲斐《がい》がある。柔らかくて弾力のあるふくらみを揉みながら、舌をれろれろしていると、

「ぁああ、ダメっ……」

淳子がキスをやめて、凭《もた》れかかってくる。

(どうしたらいいんだろう。ここで、フェラをお願いするのは、やっぱりまだ早いんだろうな。こういうときは……)

翔平は湯船の側面に背中をつけて、足を伸ばし、淳子に向かい合って座るよう

に言う。

すると、淳子はおずおずと翔平の足をまたいで、腰を落とした。もちろん、挿《そう》入《にゅう》はせずに、お湯のなかでいきりたつものに恥肉を接するようにして、翔平の膝に座っている。

正面を向いているから、やりやすい。キスをしながら、乳房を揉みしだく。すると、淳子の腰が微妙に動きはじめた。まるで、お湯のなかの勃起に恥毛を擦りつけるように腰を前後に揺すって、

「んんんっ……んんんっ……ぁあああ、ダメっ……もう、もう……」

何かをせがむように、翔平を見た。

翔平は目の前の乳房にしゃぶりついた。真ん中の乳首をゆっくり舐めると、それが急激に硬くなってせりだし、淡いピンクだったものが赤みを増した。

翔平は片手で背中を支え、一方の乳房にしゃぶりつきながら、もう片方の手で反対側の乳房をモミモミする。

それをつづけていくうちに、淳子の腰の動きがはっきりと、それとわかるほどに大きくなって、翔平の肩につかまりながらも、

「ぁあああ、あああぁ……感じる。わたし、感じてる……」

と言って、顔をのけぞらせる。

(いいんだ。これでいいんだ)

翔平も自分でリードしてのセックスはほぼ初めてだ。だが、本来セックスは男がリードするもののような気がする。

翔平はまたキスをして、その間も乳房を揉み、硬くなっている乳首を指で捏《こ》ねた。

すでに淳子は朦朧《もうろう》としていて、身体を預けたままだ。

(どうしたら、いいんだ。このまま嵌《は》めちゃおうか。でも、初挿入がお風呂というのはいくら何でもな……)

しかし、次の一手が見つからず、ダメ元で訊いてみた。

「あの……淳子ちゃん、お、おしゃぶりできる?」

「……下手だけど……」

「してもらっていい?」

「……いいよ」

翔平が湯船のなかで立ちあがると、淳子がお湯のなかを近づいてきた。腰を落としたまま正面に来て、鋭角にいきりたっているものをちらりと見あげた。

「すごい。先が茜色《あかねいろ》にてかってる」

「ああ、たぶん、温泉につかってるから、血行がよくなってるんだよ」

「じつはね……わたし、まだ男の人、ひとりしか知らないの。だから、口でするの、上手くないと思う」

ひとりしか経験がないのか……もっとあるように思っていたけど、香弥子夫人の言うとおりだった——。

「大丈夫だよ。そんなことはどうだっていいんだ。それより、淳子ちゃんにしてもらうってこと自体が、すごくうれしいんだ」

「そう？」

「ああ、もちろん……」

淳子がにこっとして、顔を寄せてきた。

根元にそっと手を添えて、すごい角度でそそりたっている分身の頭部にちゅっ、ちゅっとキスをする。それから、おずおずという感じで舌を出して、這《は》わせてくる。

確かに、やり方はぎこちないような気がする。だが、淳子が自分のものを舐めてくれているというだけで、翔平は舞いあがってしまう。

完全に片思いだと思っていたその相手が、自分のナニをフェラチオしてくれているのだ。

それに……上から見ていても、乳房がデカい。

お湯から出た胸は丸々として、おまけに、乳首は透きとおるようなピンクだ。その乳房が透明なお湯にコーティングされて、きらきらと光っている。

見とれていると、淳子がおずおずと頬張《ほおば》ってきた。

深くは咥《くわ》えず、途中まで呑《の》み込んで、ゆったりと顔を打ち振る。

香弥子や葉月が立てるような音はしない。これが普通なのだろう。

いやらしい音を立てられれば、それはそれで昂奮するが、こうやって静かに頬張られるのも悪くはない。

淳子が吐き出して、目を瞬《しばたた》かせた。

「ねっ、下手でしょ?」

「ううん、全然……淳子ちゃんの唇は柔らかくて、ぷにっとしてるから、擦られるだけですごく気持ちいい」

「そう?」

「ああ、そうだよ。自信を持って」

今までとは逆に、翔平が励ましていた。

にこっとして、淳子が屹立《きつりつ》を下から舐めあげてきた。ギンとしたものを腹に押しつけて、その裏側にツーッ、ツーッと舌を走らせる。

「ああ、それ……気持ちいいよ、すごく」

言うと、淳子は自信を持ったのか、亀頭冠《きとうかん》の真裏にかわいくキスして、それから、舌先で細かくくすぐってくる。

「あっ、そこ……くっ、いいよ。あっ、くっ……」

思わず唸ってしまった。

すると、淳子は手コキしてきた。

指で根元を握り、上下にしごきながら、見あげてくる。

恥ずかしそうだが、「これ、気持ちいい？」と問うようなその顔つきがチャーミングすぎた。

「それもいいよ、すごく」

「ほんとう？」

「ああ、淳子ちゃん、すごく上手だ」

「そうでもないと思うけど……やさしいね」

微苦笑して、淳子はまた頬張ってきた。

今度は、指と口をつかっている。

偶然なのかどうかわからないが、指を押しさげるときに、逆に唇を引きあげられると、勃起が伸びきる感じで、ぐっと快感が高まる。

その、縮ませて、伸ばす、を繰り返されると、もうさしせまってきた。

窓の向こうに見える紅葉する木々の庭が、昂奮でぼうっと霞《かす》んできた。

もう何度かセックスしているのに、やはり、すぐに放ちそうになってしまう。

これも、淳子がしてくれているからだ。

「んっ、んっ、んっ……」

つづけざまにしごかれて、

「ダメだ。出ちゃう……ストップ！」

とっさに制止すると、淳子がちゅっぱっと吐き出して、言った。

「ねえ、そろそろお布団の上でしたい」

「あ、ああ……もちろん。そうしよう」

二人は急いで貸切り風呂を出た。

4

部屋に戻ると、二間つづきの部屋の一方に置いてあるダブルベッドに、抱き合って倒れ込んだ。

今度は、自分がフェラチオのお礼をしたい。

翔平は上になって、キスをする。キスしながら、浴衣越しに大きなふくらみを触っていると、

「待って……」

淳子が半身を立てて、シュルシュルッと衣擦《きぬず》れの音をさせて帯を解き、浴衣を脱いだ。

その一糸まとわぬ、小柄だがグラマーな肢体に見とれていると、淳子は脱いだ浴衣をベッドに敷いた。

「こうすると、してても愉しいんじゃないかって……」

「確かに。何か、すごくいいよ」

白いシーツの上に、赤紫色の地にトンボが飛んでいる柄の浴衣が大きく開かれて敷かれ、見ているだけでも愉しい。

淳子が横たわるのを見て、翔平も浴衣を脱ぐ。

ボルドー色と、お湯で温められて桜色に上気している肌の対比が絵のように美しい。

翔平は再び覆《おお》いかぶさっていく。

またキスをして、今度はじかに乳房を揉んだ。柔らかくてたわわな胸のふくらみをモミモミしながら、キスをつづけていると、

「んんっ……んんんんっ……ぁあああああ」

淳子が唇を離して、喘いだ。

翔平はキスをおろしていき、たわわな乳房にしゃぶりついた。

オッパイの愛撫の仕方は、二人の女を相手にして、だいたいわかっている。

片手ではつかみきれない乳肉を揉みながら頂上の突起にキスをする。ちゅっ、ちゅっと唇を押しつけただけで、

「あんっ……あんっ……」

淳子は鋭く反応して、びくっとする。

「すごく、感じやすいね」

褒《ほ》めようとして言う。

「そう？」

「感じてくれると、こっちも昂奮しちゃう」

「よかった……だんだん、不安がなくなってきたわ」

淳子がホッとしたように言う。

翔平はまた乳首を舐め転がしながら、もう片方の乳房を揉みしだく。

乳輪も乳首も薄いピンクで、今はもうカチンカチンになってきている。それを舌で弾《はじ》き、もう片方の乳首は指腹に挟んで転がすようにする。

「ぁああ、気持ちいい……翔平、わたし、すごく感じてる」

淳子が喘ぐように言う。

「俺もだよ……ほら、ここを」

淳子の手を導いて、勃起を握らせると、

「ほんと……こんなに硬くなるんだ。怖いくらい……」

「怖くないよ」

翔平はもう一方の乳首に舌を移し、同じように舐める。

それから、キスをおろしていく。

引き締まった腹部と臍《へそ》をちろちろ舐めたら、

「いやん、くすぐったい」

淳子がくすくす笑った。けれども、そこから真下へと舌を這わせ、薄い、若草のような繊毛《せんもう》を舐めると、

「あっ……あっ……！」

淳子はびくん、びくんと敏感に反応した。

さらに、下へと顔を移したとき、

「いやんっ……！」

ぎゅうと太腿《ふともも》をよじり合わせて、恥ずかしがった。

「大丈夫だよ。淳子ちゃんのここ、すごくきれいだし、色もピンクだし……」

「そうかな？」

「そうだよ。恥ずかしがることはひとつもないさ」

翔平はちょっと考えて、ふかふかの枕を腰の下に置いた。こうすると、舐めやすくなる。

「翔平、すごいね。そんなこともできるんだ」

淳子がびっくりしたように言う。

「いや、これは……こうしたほうがクンニしやすいって、動画サイトで観たか

ら」

「ああ、なるほど……でも、何か、あそこが丸出しになるみたいで、恥ずかしいんだけど」

「でも、このほうが舐めやすいんだよ。ちょっと我慢して」

そう言って、翔平は顔を寄せていく。

最初は足を伸ばしたままにしていたが、舐めにくいことがわかったのだろう、淳子は自分から膝《ひざ》を曲げて、両手で持った。

「ああ、これ、もう……」

「きれいだよ。ピンクだし、恥毛が薄くて底が見える。すごく、そそられる」

淳子の羞恥心《しゅうちしん》を取り去ろうとして褒め、あらわになった花肉にしゃぶりついた。

かるく舐めあげると、ぬるっと舌が割れ目をなぞりあげていき、

「あんっ……」

淳子が喘いだ。

さらに、舌を往復させる。と、こぶりでふっくらとした陰唇《いんしん》がひろがって、内部の濃いピンクのぬめりが顔をのぞかせ、

「ぁああ、あああああ……気持ちいいよ……気持ちいい……ぁああ、あああぅぅ、ぁあうぅん」

もっと強い刺激が欲しいとばかりに、淳子の腰がさらに持ちあがり、くねった。

（求めてる。自分から求めてるんだ）

淳子は男性経験がひとりだと言っていたが、きっと、身体のほうはすごく感受性が豊かなのだろう。

（でも、よかった。香弥子夫人と葉月さんの手ほどきがなかったら、俺はただおろおろするばかりだった）

二人に感謝の気持ちさえ抱きながら、翔平は落ち着いてクンニをつづける。

やわやわした繊毛の下で、肉芽《にくが》が顔をのぞかせていた。それは、交差地点でそれとわかるほどに大きく、せりだしている。

顔を寄せて、包皮ごと舌でつるっと舐めあげると、

「くっ……！」

淳子がのけぞった。

すごく敏感だ。これなら、きっと包皮を剝《む》く必要はない。香弥子夫人が、なか

にはそういう女性もいるからと教えてくれた。

雨合羽のフードみたいな包皮をかぶせたまま、それをめくりあげるように舌をつかう。

「ぁああ、ダメっ……そこ、感じすぎるの……やん、やん、うあっ……」

淳子がくぐもった声をあげて、顎《あご》を突きあげた。

翔平は今だとばかりに陰核を舐めた。上下左右に舌を走らせる。

「もう、もう、ダメっ……ほんとうにダメっ……おかしくなっちゃう」

淳子が訴えてくる。

これはどういう意味なのか考えた。イキそうなほどに感じているのか、それとも、あまりクリちゃんだけを攻められても、敏感すぎるから、つらいのか――。

（もしそうだとしたら、ここはやめよう。その代わり……）

翔平は向かって右側の足をつかんで、持ちあげて、太腿を舐める。むっちりと健康的な太腿の内側に舌をすべらせ、そのまま、膝から足の甲へと舐めていく。

「いやん、しなくていいよ。指なんか舐めちゃ、いやん……！」

翔平が足の親指を頬張って、くちゃ、くちゃとなかで舌をからめるうちに、最初は曲がっていた親指が伸びた。ついには、

「ぁああ、あああ、気持ちいい……気持ちいい……」

淳子はそう喘いで、ぐぐっと顔をのけぞらせる。

(俺にもこんなことができるんだな)

翔平は自分がしていることに驚いていた。足を舐めたいと思ったから、舐めた。それで淳子は感じてくれている。

セックスってそういう衝動を行動に移すことが、大切なのかもしれない。

親指を吐き出して、ふくら脛《はぎ》を舐め、それから、また太腿に移る。

今度は自分で淳子の左右の膝裏をつかんで持ちあげ、ひろがった恥肉をもう一度、クンニする。

狭間《はざま》の粘膜を舐めあげ、その勢いのまま陰核を舌で弾いた。

「ぁあん……!」

淳子がもうどうしていいのかわからないといった様子で、顎を大きくせりあげ、腰をがくん、がくんさせた。

(そろそろ入れていいんじゃないか?)

上体を立てて、いきりたつものを押し当てた。

そこはもうぐしょぐしょで、膣口《ちつぐち》の位置もはっきりとわかる。

慎重に腰を入れていく。すると、切っ先がとても狭い箇所を押し広げていく感触があって、ぬるりと嵌まり込んでいき、

「はうぅぅ……！」

淳子が大きく胸を波打たせる。

大きな二つのふくらみの向こうに、のけぞって、顎をせりあげている淳子の顔が見える。つらそうに眉《まゆ》を八の字に折っている。

でも女性の場合は、つらそうなときと感じているときの表情がすごく似ていて、今の翔平には区別がつかない。

（これはきっと、ひさしぶりにおチンチンを受け入れて、その衝撃を味わっているんだ）

そう決め込んで、翔平はゆっくりと腰をつかう。

すると、ぎりぎりまでふくれあがったイチモツがとても窮屈な肉の筒を押し広げていき、

「くっ……くっ……あっ、あっ……ぁあああうぅぅ」

淳子が今にも泣きだしそうな顔をした。

「大丈夫？」

心配になって、訊いた。

「ええ……大丈夫。苦しいんじゃないの。すごく、感じちゃって……だから、心配してくれなくてもいいのよ」

「わかった」

翔平は上から膝をつかんで、足を閉じさせ、いっそう窮屈になった膣を突いた。

気持ちいい。だけど、尻が邪魔になって、深くは突けない。

(どうしたら、いいのかな?)

膝を開かせた。こうすると、少しは奥のほうに届いている気がする。

ちょっと激しくストロークすると、巨乳と呼ぶに相応《ふさわ》しい乳房がぶるん、ぶるんと縦に揺れて、その様子が翔平をかきたててくる。

「あん、あんっ……ぁあ、翔平。来て……キスして」

淳子が下から見あげてきた。そのつぶらな瞳が今はもうきらきらと濡れ光っている。

翔平は覆いかぶさっていき、淳子を真下に見て、唇を寄せる。

すると、淳子は自分から唇を吸い、舌をからめてくる。

足をＭ字に開いて、屹立を深いところに導きながら、両手でしがみついてくる。

自分から相手の口腔を舐めまわし、さらに、舌をからめてくる。

翔平はその情熱的なキスに陶酔《とうすい》しながら、かるく腰をつかってみた。すると、屹立が浅瀬を擦りあげて、

「んんんっ……んんんんん……んんんんん……ぁあああ、もう、ダメっ」

淳子がキスをやめて、ぎゅっと抱きついてきた。

それはうれしいが、これだと突きにくい。

翔平は腕立て伏せの格好になって、腰をつかう。

すると、淳子は突かれるたびに巨乳をぶるん、ぶるるんと波打たせて、

「あっ、あっ」

喘ぎながら、翔平の腕を握りしめる。

（そうか、こういうときは……）

翔平は右手で乳房をやわやわと揉む。揉んでも揉んでも底の感じられない、信じられないくらいに柔らかくて大きなふくらみが指の形に沈み込み、自在に形を変える。

翔平は背中を曲げて、乳房の先を舐めた。

ちろちろっと舌で弾くと、

「ぁああ、これも気持ちいい……翔平、すごい。どうしてこんなことができるの？」

淳子がとろんとした目を向けてくる。

香弥子夫人と糸原葉月に鍛えられたからだが、さすがにそれは言えない。

「男はね、ビデオで研究してるんだよ」

「そうか……ＡＶか、なるほど」

淳子が納得してくれたようで、ほっとした。

翔平はまた乳首に舌を這わせ、腰をつかってみた。どうにかできる。浅いが、切っ先が浅瀬をすこすこと擦っている。それがいいのか、

「ぁああ、あああ……」

淳子が心から感じているという声を洩らして、顔を左右に振る。

（よし、そろそろ体位を変えてみるかな）

翔平が勃起を抜く。淳子は「えっ？」という顔をする。

「ゴメン。後ろからしたいんだけど」

頼むと、淳子はゆっくりとベッドに這う。

　こうすると、背景に赤紫色の地にトンボの飛んでいる浴衣がひろげられ、そこに、色白の裸身が四つん這いになっていて、美しい情景に昂奮が増す。

「ゴメン。もう少し、腰を低くして」

「こう？」

　淳子が足をひろげたので、女性器の位置もさがった。これなら、高さはちょうどよさそうだ。

　蜜まみれになった分身をあてがい、尻を引き寄せて、慎重に腰を入れていく。亀頭冠が細道を押し広げていき、

「あうぅぅ……！」

　淳子が両手で、ベッドに敷かれた浴衣を握りしめた。

（きっと、気持ちいいから、こうせずにはいられないんだ）

　翔平は自信が持てた。

　くびれている部分をつかんで、ゆっくりと腰をつかった。速く、激しいストロークをしたら、きっとすぐに洩らしてしまうし、淳子だって、きついのではないかと思った。

ゆっくりと途中までのストロークを繰り返していると、

「ぁああ、気持ちいい……気持ちいい……先っぽで引っかかいてるのがわかるの。ぁああ、バックって犯されてるみたいだし、恥ずかしいけど、気持ちいい……ぁああ、あんっ、あんっ、あんっ、あんっ……」

淳子が甲高《かんだか》い声で喘いだ。

こうなると、翔平も自分をコントロールできなくなる。

徐々に打ち込みを強くしていくと、淳子は激しく喘いで、ますます強く、トンボの浴衣を握りしめる。

淳子にイッてもらいたい。

だが、残念なことが起きた。窮屈な肉路を擦っているとき、ふいに射精感がうねりあがってきたのだ。

(ダメだ、我慢だ!)

しかし、小休止しようと打ち込みをやめても、淳子の膣は波打つようにからみついて、びくびくっと締めつけてくる。

「ねえ、もっとして……わたし、イクかもしれない。まだ、イッたことがないの」

淳子がうつむいたまま言う。

（そうか……イッたことがないのか……）

以前、女性はかなりの割合で膣ではイカない、と聞いたことがある。まだ男が二人目の淳子に膣イキの経験がないのはある意味、自然なのかもしれない。

淳子をイカせたい。

そう思って、後ろから腰を叩きつけた。

「あん、あんっ、あんっ……ぁああ、すごい。おチンチンが口から出てくるぅ……ああ、イクかもしれない。あん、あん、あんっ……」

淳子が浴衣を握りしめるので、翔平もここぞとばかりに強く打ち込んだ。

「あん、あんっ、あんっ……」

「ぁああ、くっ……ダメだ。出そうだ」

「ああん、まだよ、もう少し……」

「ぁああ、ダメだ。出るぅ！」

翔平はとっさに結合を外した。その直後に、白濁液がしぶき、それがかわいらしいトンボの浴衣を汚していく。放ち終えて、

「ああ、ゴメン……汚しちゃった」

「いいのよ。中出ししないように気をつかってくれたんでしょ。大丈夫、浴衣の替えをもらうから」

淳子が言って、くんくんと白濁液の匂いを嗅いだので、翔平は恥ずかしくなった。

「強烈な匂いがする。ほんとうに、栗の花の香りにそっくり」

淳子はそう言って、浴衣を剝がし、それを床に置いて、白いシーツに横臥《おうが》した。

翔平もバナナの房みたいに淳子の後ろにくっついた。ここは腕枕だろうと、腕を差し出す。

すると、淳子はくるりとこちら側を向き、腕に頭を乗せて、翔平を見た。

「腕、大丈夫? 重くない?」

「ああ、平気だよ。全然、大丈夫」

翔平は仰向けに寝て、天井を見る。

(もう少しだったのに……。だけど、幸せだ。心から好きな女性としたのは、これが初めてだものな)

やがて、淳子が腕枕をやめて、言った。

「ずっと旅をしているし、疲れたでしょ。このまま、眠っていいよ。わたし、浴衣を洗ってから、替えをもらいに行くから」

「ああ、ありがとう。ゴメンね」

「そうか……おチンチンが汚れたままじゃ、いやよね。わたしがきれいにしてあげるね」

淳子は下半身のほうにまわって、付着した唾液とラブジュースと少しの精液のついた肉茎を、丁寧《ていねい》に舐めはじめた。

（これが、あのお掃除フェラか……！）

翔平はさすがにもう勃起しない分身を感じつつも、なめらかな舌が這う心地よさに身を任せた。

第六章　寝台列車はラブホテル

1

翌日、昼過ぎまで京都観光をした四人は、京都駅から姫路駅に向かった。新幹線なら一時間弱で着いてしまう。

翔平は姫路を訪れるのも初めてだ。

駅を降りてすぐ、一直線に延びた広い道路の突き当たりに、姫路城がまさに白《しら》鷺《さぎ》のような雄姿を見せていた。

「ここから、歩くぞ。歩いてもすぐだから」

佐久部長が先頭を歩き、香弥子夫人が追いついて隣に寄り添う。何か話している。すごく愉《たの》しそうだ。きっと、昨夜も激しい一夜を過ごしたに違いない。

部長はもとラガーマンだから、体力がある。すでに五十八歳だが、何晩もつづけてセックスしてもびくともしないのだろう。今日もいつものように元気溌剌《はつらつ》で、大股で前を歩いている。

香弥子は、今日はなぜか洋服だが、肌艶がよく、幸せそうだ。旅行前よりぐっと二人の絆《きずな》が強くなった気がする。

翔平が家を訪れたときも仲は良かったが、どこかよそよそしくもあった。

きっと、部長の愛人問題、すなわち糸原葉月とのことで揉《も》めていたのだろう。

それで、香弥子が落としやすそうな翔平の童貞を卒業させて、そのことを夫に報告した。部長はあらかじめ決まっていたこの旅行を利用して、こういう奇想天外な方策を思いついた。それは成功して、夫婦の仲はより深まった。

部長をすごいなと思うのは、最後に翔平への見返りとして、鮎川淳子を同行させて、二人のキューピッド役を果たしていることだ。

今朝も部長は、

『どうだった……やったんだろ？』

と、あからさまに訊《き》いてきたので、

『はい……お蔭さまで。ありがとうございました』

翔平はぺこりと頭をさげた。すると、部長はにっこりして、

『よし、よくやった』

翔平の髪がくしゃくしゃになるくらい、頭を掻きまぜてきた。それから、

『で、どうだった？　鮎川の身体は？』

と、訊ねてきたのには、さすがに驚いた。

『……その、すごいボディでした』

『ほお、やっぱりそうか……あっ、お前、今、一瞬、俺が手を出すんじゃないかって不安がよぎっただろう。安心しろ、俺は部下には絶対、手を出さない。さて、朝飯を食いにいくか』

そう言って、部長は前を歩きだした。

おそらくその報告はもう香弥子にも伝わっていたのだろう、出発前に香弥子がこう声をかけてきた。

『淳子ちゃんと、上手くいったそうね。よかったじゃないの。将来、結婚なんてことになったときは、わたしたちが媒酌人をしてあげるからね。これからよ、今晩もね』

と、ウインクしてきた。

もしそうなったら、とてもうれしい。だけど、まさか童貞を卒業させてもらった夫人に媒酌人を頼むなんて、どう考えても悪趣味すぎる。

想像しただけでも、頭がくらくらしてしまう。もっとも、それは淳子との仲が上手く深まったら、の話だ。

淳子は夫妻がすぐ前を歩いているにもかかわらず、翔平の腕に手を絡ませて、大きなオッパイをぎゅっと押しつけてくる。

昨日より、明らかに二人の距離は縮まっている。一回のセックスの威力はすごい。

どんどん白鷺城が近づいてきた。

T字の交差点を渡ると、そこはもう入口で、桜門橋《さくらもんばし》を渡って、敷地内を歩いた。

大天守は五重六階になっていて、様々な破風《はふ》が変化をもたらし、白い漆喰《しっくい》の壁が目を引く。とにかくデカい。そして、三つの小天守が三方を護っていて、そのバランスがとてもいい。

大天守は公開されているので、四人は大天守の階段をのぼっていく。松本城に行った時にも感じたことだが、天守の階段は急だ。

転がり落ちないように慎重にあがっていく。

香弥子はきっとこのためだろう、今日はリラックスしたパンツを穿《は》いていた。

だが、淳子はミニスカートなので、後ろにつづく翔平が見あげると、ナチュラルカラーのパンティストッキングを通して、サーモンピンクの派手なパンティが透《す》けて見える。

ここで翔平に見せつけようとして、わざとミニスカートにこの催淫効果のある色のパンティを穿いてきたのでは、と疑ってしまう。

最上階の六階までのぼりきったときには、翔平の目には完全にサーモンピンクの鮮やかなパンティが焼きついていた。

大天守のもっとも上の階で、あれを咥《くわ》えてもらったら、さぞや気持ちいいに違いない。しかし、まさかこの神様が祀《まつ》ってある場所で、フェラチオなどさせたら、きっとバチが当たるだろう。

お殿様がここから景色を眺めていたと言われる窓からは、数々の櫓《やぐら》や小天守が見え、さらに、ところどころ紅葉した播州平野《ばんしゅうへいや》がひろがり、眼下には姫路の街がつぶさに見える。

やはり天守閣の最上階は想像よりずっと狭い。

「ここに追いつめられたら、もう終わりだな。自害するしかない」

佐久部長が恐ろしいことを言う。

「いやだわ、あなたったら。疲れたわ。少し休んでから、降りましょうよ」

香弥子が言って、部長がうなずいた。

翔平は淳子とともに、窓から姫路の街並みを眺める。

またも淳子はぎゅっとオッパイを押しつけてくる。コートをはおっているが、前が開いているので、ニットに包まれたたわわなふくらみを腕に感じる。すると、あそこが力を漲《みなぎ》らせる感覚があって、淳子は死角でそこを触って、

「いやだ。硬くしてる」

耳元で囁《ささや》く。

「……のぼる間、ずっとパンティが見えてたしね」

「いやだ。もう……翔平ったら、エッチなんだから」

淳子がミニスカートの後ろを押さえた。だが、あれは絶対に意識的に見せていた。

しばらく休憩して、四人は大天守を降り、西の丸に向かった。

途轍《とてつ》もなく長い廊下がつづいている。

その片側には数えきれないくらいの小さな部屋が並んでいる。

「ここは千姫《せんひめ》に仕えていた侍女たちの部屋なの。千姫は毎朝、この廊下で男山《おとこやま》

を拝《おが》んでいたそうよ」

香弥子が解説してくれる。

「お江《ごう》さまの娘よ。乱世に翻弄《ほんろう》された可哀相なお姫さま。わかる？」

「あ、いや……よくは……」

翔平は困惑する。知っているのは、お江さまは、織田信長《おだのぶなが》の妹・お市《いち》の方《かた》の娘だということくらいだ。してみると、千姫はお市の方の孫ということか——。

「まあ、いいわ。それはそれで……」

長い廊下を渡り終えて、四人は外に出る。

姫路城を出て、駅のほうに歩きながら、脇道に入ったところのアーケード内にあるカフェに入り、休んだ。

これから四人が乗るのはサンライズ瀬戸の車両で、午後十一時半に姫路駅に到着するらしい。ひとつ前の岡山《おかやま》駅で、サンライズ出雲とサンライズ瀬戸が連結してひとつの列車になる。だから、サンライズ出雲でもあり、瀬戸でもあるのだ。

すでに夕方だが、まだまだ時間がある。四人は喫茶店を出て、今来た方角を振り返る。

すると、信号の立ち並ぶ、一直線に延びた道路の向こうに、ライトアップされた姫路城が白く浮かびあがっていて、つい見とれてしまう。

お城に少し近づいていって、スマホで写真を撮った。

それから、喫茶店で聞いた、お勧めの居酒屋に入った。

小さな店だが、名物の姫路オデンがある。よく煮込まれたオデンをショウガ醤油で食べるもので、あっさりしていながら味わいがあり、食が進む。他に、すなわち卵を産まなくなったこれも姫路名物だと言う、ひねポンを食べる。これは、ひねた親鶏を焼いてスライス状に切り、ポン酢であえたものだ。

四人で地元の料理を愉しみながら、地酒を呑《の》んだ。

まだ出発の十一時半には時間があり、もう一軒、居酒屋をハシゴした。

十一時過ぎに姫路駅の構内に来たときには、淳子にかなり酔っぱらっている兆候が見られた。

「大丈夫？」

心配になって声をかける。

「このくらい、平気……」

淳子は強がっているが、酔ったことは明らかだった。

前もって、佐久夫妻は二人用のサンライズツインB寝台、翔平と淳子は各々がひとり用のA寝台の切符を取ってあると聞かされていた。

「A寝台のシングルって言えば、この寝台特急で最高の客室だからな。普通はシャワーのカードを買わなきゃいけないんだが、A寝台だけはあらかじめ用意されていて、買わなくていいんだ。ありがたく思えよ」

ホームにあがりながら、部長が言う。

しばらくして、軽快な音楽とともに、寝台特急サンライズ号がホームにすべり込んできた。

人の顔のような先頭車両に続き、客車は上が濃いサーモンピンク、下が薄いベージュにカラーリングされている。

翔平は、サーモンピンクは淳子のパンティと同じ色だと思ったが、それは言わないでおいた。

「じゃあ、東京駅でな。翔平、明日から会社なんだからな。ちゃんとスーツとか持ってきてるんだろうな？」

部長に言われて、「大丈夫です」と答える。

「鮎川が酔ってるみたいだから、ちゃんと客室を教えてやれよ。じゃあ、頑張ってなー自分たちが乗る車両に向かいかけて、部長が耳打ちしてきた。

「明日の日の出は六時二十五分ごろだ。列車が順調に行けば、熱海《あたみ》と横浜《よこはま》の中間あたりかな。二人で日の出を見ろ。それで、すべて上手くいく。じゃあな」

言い置いて、部長は香弥子夫人とともに違う客車に歩いていく。

翔平も急いで、淳子を切符に記された客室に案内する。

何段か階段をあがって、向かって右側が淳子、その反対側が翔平の客室だった。

（これなら、近いからどうにかなる）

いっそのこと、最初から淳子を同じ客室にとも思った。だが、きっと車掌がまわってきて、切符の確認やアメニティグッズを渡すだろうから、それまでは、各々《おのおの》が正しい部屋にいなくてはいけない。

通路から小さな階段をあがっていき、まず淳子の客室を開けると、

「酔ってるから、少し休むね。元気になったら、翔平の部屋をノックするから、開けて……それまで、シャワーでも浴びて、休んでいて」

それだけ言って、ぎゅっと抱きついてきた。

しがみつきながら、淳子はキスをする。よほどキスが好きなのだと思った。

それから、淳子は身体を離して、部屋に入った。

2

翔平は客室で、荷物の整理をする。

ライティングデスクがあって、ミラーと洗面台があり、窓側には大人一人がぎりぎり寝られるくらいの長さのシングルベッドが横たわる。アールの効いた大きな一枚窓からは外の景色がよく見える。

しばらくすると、車掌がやってきて、切符を確認し、アメニティグッズの袋を置いていった。シャンプーやリンス、櫛《くし》などが豊富に揃っていて、シャワールームで使うカードも入っている。

デスクの椅子に座って、外を見ると、姫路から大阪方面へと連なる都会の夜景が見える。色とりどりのライトに浮かびあがった夜景が美しい。そして、夜景が後ろへ後ろへと飛んでいく。

(そうだ、淳子ちゃんが来るときに備えて、シャワーを浴びよう)

翔平は用意されていたナイトウエアに着替えて電気を消した。

窓のロールスクリーンをおろせばいいのだが、それではもったいない。客室の照明を暗くしておけば、まず見えない。それに、駅で停車している以外は、あっという間に通りすぎてしまうのだ。

襟《えり》のついた水色のストライプのナイトウエアに着替え、部屋を出てすぐのシャワールームに向かう。

部屋のキーは暗証番号を覚えさせるもので、この番号を忘れたら、きっと大変なことになる。つまり、部屋に入れなくなる。しっかりと脳裏に刻んで、暗証番号を打つ。

シャワールームはとても狭い。しかも、時間は六分に限られている。

スイッチを入れて、焦って髪を洗う。その間も、列車はレールの上を走っているのだから不思議な体験だ。身体にボディソープを塗りつけて、よく洗う。

だいぶ経ったのではないかと残り時間を見たが、思っていたより余っている。

（そうか、六分あれば、シャンプーして体を洗い、流すには充分なんだな）

これも狭い更衣室で、またナイトウエアを着る。

列車がカーブにさしかかったりすると、自分もよろけてしまう。

部屋に戻り、歯を磨き、枕元の明かりだけ点《つ》けて、ごろんとベッドに横たわる。

顔を傾ければ、アールのついた大きな窓から、沿線の建物と線路上に設置された架線が見え、その先の夜空には満天の星が見える。

(夢のような旅だった。こんな気分、まず味わえないな……)

ゴトン、ゴトン、ゴトン……。

規則的に聞こえてくる列車の音が子守歌のようだ。ハシゴして呑んだお酒が効いて、眠気がさす。

(ダメだ。淳子ちゃんが来るまで起きていなくちゃ……)

そんな気持ちとは裏腹に、翔平はスーッと眠りの底に吸い込まれていった。


どのくらいの時間が経過しただろう。

翔平はスマホの呼び出し音で目を覚ました。ハッとしてスマホを取る。

「さっきから、ノックしてるんだけど……」

聞こえてきたのは、淳子の声だった。

「ああ、ゴメン……今、開ける」

ベッドから飛び起きて、ドアを開くと、淳子が立っていた。

同じ、細いストライプ柄のナイトウエアを着て、すっと入ってくる。

「ゴメン、寝ちゃってた」

「いいの。わたしもあれから寝ちゃって、さっき起きて、シャワーを浴びてきたのよ。今、沼津《ぬまづ》を過ぎたところみたい。あと一時間ちょっとで、横浜に着く。横浜に着いたら、もう降りる準備にかからないといけないから、あまり時間はないの」

そう言って、淳子が抱きついてきた。

シャワーを浴びたばかりで、肌からは石鹸のいい匂いがして、髪もコンディショナーの甘い香りがする。

「窓のロールスクリーン、閉めなきゃ」

翔平が心配になって言うと、淳子が答える。

「この窓、内側からは見えるけど、外側からは見えないみたいよ。姫路駅で入線してきたとき、なかは見えなかったでしょ？」

「確かに……光っていて、あまり見えなかったような」

「だから、平気よ。熱海では停まるけど、それから、横浜まではノンストップだから。それに、たとえ駅から見えたとしても、通過しちゃうんだから特定できないわよ」

それを聞いて、翔平も安心した。

「あまり時間がないの。あと一時間十分……」

「わかった」

二人は立ったままキスをする。キスしながら、シングルベッドに倒れ込んだ。

翔平が下になって、淳子が上になっている。

ベッドに仰向《あおむ》けになって窓から外を見あげると、白みかけた空と、後ろへと飛んでいく沿線の景色が見える。

淳子はまた唇を合わせ、翔平のナイトウエアを脱がせ、自分も肩からすべり落とした。一糸まとわぬ姿が仄《ほの》かな照明に浮かびあがり、そのたわわすぎるオッパイの丸みとくびれたウエストにドキッとする。

淳子はいったんちらりと外を見て、また唇を合わせてくる。キスをしながら、翔平の体を撫でてくる。すると、翔平のイチモツはたちまち頭を擡《もた》げる。

その硬くなったものをおずおずと触り、ついには、握ってきた。

ちゅっ、ちゅっとキスをおろしていき、臍《へそ》から陰毛、さらに、本体へとキスを浴びせてくる。

（おお、あっ……すごい。寝台列車でフェラされてる！）

淳子の唇が上下に動いていたとき、列車がスピードを落として、停まった。

熱海駅だ。

「熱海だよ」

言うと、淳子は上体を立てて、ホームのほうを見た。

「ほんとだ。熱海だわ。でも、まだ人はほとんどいないから大丈夫よ」

そう言って、淳子はまた屹立《きつりつ》を頰張《ほおば》ってくる。

信じられなかった。

停車している駅で、フェラチオされているのだ。

おずおずと窓のほうを見る。

照明に浮かびあがった幾本かのプラットホームが見えて、『熱海』と記してある。始発はもう出ているはずだが、ほとんど人影は見えない。

(いいんだ。はっきりと見えないみたいだし、このまま……)

淳子はこのスリルに満ちた状況を愉しんでいるのか、激しく大きく唇をすべらせる。

ジュルル、ジュルルと唾音を立てている。

昨夜はしなかったのに、きっと、自身も二度目で、しかも、駅フェラということで昂《たか》ぶっているのだろう。

列車が発車して、徐々にスピードを増していく。

翔平は淳子に一気に集中できた。また、風景が民家に変わっていく。

淳子がいったんフェラチオをやめて、言った。

「ねえ、ここに座って」

言われたように、翔平はベッドの端に座って、足を床についた。すると、淳子は、

「乳液、持ってきたの。これがあったほうが気持ちいいって、本に書いてあったから」

チューブを取り出して、白い乳液を自分の乳房に塗り込んでいく。とくに乳房の内側に多くつけて、訊いてきた。

「翔平、パイズリってされたことある？」

「……ないよ、もちろん」

「よかった。わたし、翔平に初体験をしてもらいたかったの。初めてだから上手くないと思うけど……」

ちょっとはにかみ、淳子は双乳で勃起《ぼっき》を包み込んできた。

客室の床にしゃがんで、グレープフルーツみたいなふくらみを両側から、ぎゅっ、ぎゅっと押してくる。

「どう？」

上目づかいにおずおずと訊いてくる。

「すごく気持ちいいよ。ふにゃんふにゃんで、柔らかくて。乳液ですべるし」

「こうしたら、もっと良くなるかも」

淳子は左右からオッパイを押しながら、上下に揺する。乳液が行きわたって、すべりのよくなった乳房がイチモツを擦《こす》りながら、しごいてくる。

「ぁああ、すごい……気持ちいいよ。初めてだよ、こんなに気持ちいいのは」

「そう？　よかった……」

淳子は安心したように言って、わずかに乱れたボブヘアの前髪の下の目を細める。そして、巨乳の先の乳首を二つ、擦り合わせるようにして、

「ぁああ、こうするとわたしも気持ちいい……」

快感をあらわにして、顔をのけぞらせる。それから、言った。

「その椅子に座って……翔平もおフェラされながら、外の景色を眺めたいでしょ？」

「ああ……でも、大丈夫？　疲れない？」

「平気よ……ぐっすり寝たから、すごく元気なの」

淳子がにこっとしたので、翔平もライティングデスクの椅子を窓側に向けて、座る。

すると、淳子は前にしゃがみ、いきりたつものを舐めあげてきた。

腹部にくっつけるようにして、あらわになった裏筋に舌を走らせる。そうしながら、左手で皺袋《しわぶくろ》をやわやわと揉んでくる。

（ああ、キンタマが気持ちいいんだよな……たまらない）

淳子は何度も裏筋を舐めて、上から頬張ってきた。

指は使わずに、一気に奥まで口に含み、そこで、ぐふっ、ぐふっと噎《む》せた。

それでも、委細かまわず、もっとできるとばかりに深く咥える。陰毛に唇が接するまで呑み込み、チューーッと吸いあげてくる。

「うぐっ……ぐふっ、ぐふっ……」

また噎せて、いったん吐き出した。

だが、めげずにふたたび咥え、今度は大きく顔を打ち振って、ずりゅっ、ずりゅっと頬張ってくる。

「ああ、気持ちいい……すごいよ。町並みが通りすぎていく。緑も多い……ああ、今、鉄橋だ」

ひろい川にかかった鉄橋を列車が渡るガタン、ゴトンという音が一段と高まり、向こうには川が流れ込む海らしきものも見える。

いま、翔平は流れゆく風景のなかで、大好きな女性にフェラチオされている。

「んっ、んっ、んっ……」

淳子が激しく首を振り、唇が上下にすべっていく。

唇と指が揃って、分身をしごいてくる。目を開けて景色を眺めていたいのに、気持ちよすぎて、目を開けていられなくなった。

「ああ、人生で最高に気持ちいいよ。ああ……ダメだ。出そうだ」

訴えると、淳子はちゅっぱっと吐き出して、うれしそうに見あげてくる。

3

翔平は淳子をシングルベッドに仰向けにさせて、丁寧《ていねい》な愛撫をする。

淳子の好きな唇へのキスをして、さらに、首すじから胸の丘陵へとキスの雨を降らせる。

大きくて形のいい乳房の先がツンと尖《とが》っていて、しかも、そこは透《す》きとおるようなピンク色にぬめ光っている。

しゃぶりついて、上下に舐め、左右に弾《はじ》いた。かるく吸うと、

「やぁああんん……ダメっ、それ、ダメっ……ぁ、ああんん……ぁああ、気持ちいい……」

淳子は顔をのけぞらせ、心から感じているという声を放つ。

翔平は左右の乳首を舐め、双乳に顔を埋めて、顔を打ち振る。ぶるん、ぶるるんと肉層が顔に触れる柔らかな感触がたまらない。

「いやん……ダメっ、そんなことしたら」

淳子が顔をあげて、目で制してきた。

「ダメって言われても、こうしちゃうぞ」

翔平は左右のたわわなふくらみを揉みしだき、片方の乳首を舌でれろれろと転がす。

「いや、いや、いや……ぁああ、あああぁ、気持ちいいよ。ぁああぁ、ダメぇ」

淳子が顎《あご》をせりあげて、腰をくねらせた。

翔平はそのまま顔をおろしていき、舌で腹部や脇腹をなぞる。淳子はビクッ、

ビクッと面白いほどに応える。

　こんなに敏感なのだから、上手くやれば、絶対にイケるはずだ。

　翔平は、淳子が初めて昇りつめた相手になりたい。

　小さな枕を腰の下に置いて、膝《ひざ》をすくいあげた。

「いやん……恥《は》ずかしいよ」

　淳子が左右に顔を振った。それでも、若草のように薄い繊毛《せんもう》の下で、薄いピンクの肉びらがよじれて開き、内部の赤みをのぞかせている。

　粘膜はすでに濡れて光り、そこをぺろっと舐めあげると、

「ぁあん……！」

　淳子は大きく顔をのけぞらせる。

　翔平は何度も狭間《はざま》に舌を走らせ、それから、下方の膣口《ちつぐち》に舌を突っ込んでみる。だが、舌を丸めて尖らせることができずに、上手くいかない。

　ほんの入口をぬるぬると抜き差ししている感じだが、それでも、淳子は感じるのか、

「ぁあぁ、ああああ……ダメっ、ダメっ……欲しくなっちゃう」

　必死に手を伸ばして、翔平の勃起をつかもうとする。

翔平はかまわず、クリトリスを刺激した。淳子のここが敏感であることはわかっている。

包皮をかぶせたまま、舌を這《は》わせ、下から上へと舐めあげる。それをつづけ、さらに左右にちろちろちろっと弾くと、淳子の様子が逼迫《ひっぱく》してきた。

「ぁああ、ああああ……もう、ダメっ……お願い。欲しい。翔平のおチンチンが欲しい」

あからさまなことを口走る。

翔平には、淳子にしてもらいたいことがあった。

「大変だとは思うけど、上になってほしいんだ……いや？」

「もう、翔平ったら……下になってじっくり外の景色を眺めたいんでしょ。いいわよ……でも、上手くないと思うよ」

「全然、大丈夫。それに、上になった淳子ちゃんだって、外が見られるよ」

「そうね……やってみる」

淳子がまたがってきた。

シングルベッドの幅は狭いが、どうにか、両膝を突けるだけのスペースはある。

淳子はまたがった状態で片膝をあげ、臍に向かっているものをつかんで、ゆっくりと狭間になすりつけた。切っ先がぬるぬるしたものを感じて、次の瞬間、淳子が腰を落とした。

いきりたちがとても窮屈なところを突破していく確かな感触があって、

「ぁあああああ……！」

淳子が天井を仰いで、「くっ」と唇を噛《か》んだ。

けっこうキツそうだ。それでも、淳子は両膝をぺたんとシーツに突いたまま、ゆっくりと腰を前後に揺する。すごい光景だった。

上になり、今にも窓にくっつきそうな淳子が巨乳を揺らして、腰を振っている。

すると、狭い肉路で肉柱が揉み抜かれて、淳子もそれが気持ちいいのか、

「ああ、くっ……くっ……ぐりぐりしてくる。翔平のおチンチンがわたしのなかをぐりぐりしてくるの……ぁあうぅぅぅ」

苦しそうに眉根を寄せながらも、淳子の腰づかいは徐々に激しくなってきた。後ろに引いた尻を前に放り投げてくる。

その際に、ギュンと膣肉が締まり、

と、翔平も歯を食いしばらなければいけなかった。

「翔平、気持ちいい？」

不安になったのか、淳子が訊いてくる。

「ああ、すごく締まりがよくて……」

「そう？　わたしのここ、締まりがいい？」

「いいよ、すごく……」

「よかった……でも、わたし、どう動いていいかわからないの。教えてくれる？」

「……そうだな。じゃあ、両手を後ろに突いて、足を開いて腰を振ったら」

「……こう？」

淳子が両手を後ろに突いて、足をM字開脚させる。

「いやん……これって、丸見えじゃない」

「そうだよ。でも、それがいいんだよ。俺のおチンチンが淳子ちゃんのオマンマンにぶっすり刺さっているのがよく見えるよ」

「ああん、もう……翔平、意外とSなんだから」

そう言いながら、淳子は腰を前後に打ち振る。

大きくM字に開かれた太腿の底に勃起が突き刺さり、淳子が腰を前後に振るたびに、それが見え隠れする。

「ぁああ、ああうぅ……これで、いいの？」

淳子が訊いてくる。

「いいよ。すごく上手だ。それに、淳子ちゃんの格好、すごくいやらしいし、肩越しに外の景色も見える。だいぶ、明るくなってきた。そろそろ日の出だね」

淳子はちらりと横の窓から外を見て、

「ほんとだ。すごく明るくなってる」

「二人のやってるところを見た人は、驚くだろうね」

「大丈夫よ。横浜まで停まらないから」

「でも、駅は通過する」

ちょうどそのとき、列車が駅を通過していくのがわかった。

「小田原《おだわら》駅かも……見られたかもしれないって思うと、すごく昂奮した」

淳子が微笑《ほほえ》んで、また腰をつかいはじめた。

「ぁああ、ああ……いいの。恥ずかしいけど、すごく気持ちがいいの。好きなところに当てられるから」

そう言って、淳子はぐいぐいと腰を動かしてくる。ボブヘアを振り乱し、巨乳を揺らしながら腰を振る淳子の向こうに、沿線の景色と、もう完全に白んできた空が見える。

そのとき強く振りすぎて、肉棹《にくざお》がちゅるんっと外れた。

「ああ、逃げちゃった」

淳子は右手で濡れた肉棹をつかみ、少し腰をあげて、それをふたたび招き入れると、

「ぁあああぁぁ……!」

感極まったような声をあげる。

それから、前に突っ伏してきた。

唇にキスをしながら、ぎゅっとしがみついてくる。翔平が今だとばかりに下から突きあげると、勃起が斜め上方に向かって膣を擦りあげていく。

キスをしていられなくなったのか、淳子は顔をあげて、

「ぁあああ……ダメっ……」

強くしがみついてきた。

ゴトン、ゴトンと寝台特急のレールを走る音がして、わずかに揺れもある。窓

から見える景色は、あっという間に後ろに飛んでいく。

外は少しずつ明るくなっている。

そんななかで、翔平は淳子の腰をつかんで、ぐいぐいっと下から突きあげていく。

「あんっ……あんっ……ぁああん……！」

淳子は華やかに喘ぎ、その声が大きすぎると感じたのか、手を口に当てて封じる。それでも、翔平が下から腰を撥《は》ねあげると、

「うあっ、うあっ……あっ、あんっ……ぁああ、ダメっ。翔平、わたし、もうダメっ……」

「ダメって、イキそうだってこと？」

「……もうちょっとでイキそうなの。ねえ、バックからして。わたし、バックが好きみたい」

淳子がせがんできた。

そういうことならと、翔平は結合を外して、ベッドを降りる。そして、淳子にベッドに両手を突かせ、腰を自分に向かって引き寄せる。バックの立ちマンだ。

佐久部長の話では、そろそろ日の出を迎える時刻だ。

「この格好なら、淳子ちゃんも日の出が見られるかもしれない」

「ふふっ、サンライズ号で、サンライズを見るわけね」

「ふふっ、そうなるね」

「ぁああ、イキたいの。イカせて……」

「上手くできるかどうかわからないけど、やってみる」

翔平は後ろから手を伸ばして、巨乳を揉みしだき、乳首を捏《こ》ねた。そうしておいて、さらに一方の手を前から結合部に添えて、クリトリスらしきところを見つけて、くりくりした。

「ぁああ、これ、気持ちいい……ぁああ、ぁあああ、どんどん感じてくる」

淳子が両手をベッドに突いて、腰をいっそう突き出してきた。その腰が物欲しそうに、くなくなと揺れている。

きっとこうしてほしいのだろうと、翔平は両手で腰をつかみ寄せて、後ろから突いた。

例のごとく三浅一深を繰り返していると、淳子が言った。

「自分でクリちゃんに触っていい？」

「もちろん……気持ちいいことは全部やっていいよ」

淳子が片方の手を腹のほうから潜らせて、結合部分にほぼ密着している肉芽を触りはじめた。

淳子はクリトリスが感じるから、きっとこうしたほうが、中イキしやすいのだろう。

しなやかな指が勃起本体にも触れて、翔平も一段と高まる。

二人が試行錯誤している間、茅ケ崎《ちがさき》駅を越えたあたりで、どんどん外が明るくなっていった。

（ひょっとして、もう朝日が昇っているのか？）

後ろから打ち込みながら見ると、東の空に今あがったばかりの橙色《だいだいいろ》に燃えた朝日が見えた。

ここから海面は見えないが、それでも、周囲を茜色《あかねいろ》に染めた太陽が強烈な光を放ちながら、どんどんあがっていく。

「淳子ちゃん、日の出が見えるよ。前のほう」

言うと、淳子が顔をあげて、進行方向右斜めを見ながら、

「ほんとう。きれい……すごい、すごい……ぁああ、わたしもイキそうなの。朝日を見ながらイキたい。ぁあああ、気持ちいい……気持ちいい……」

淳子はクリトリスに添えていた手を離して、両手でベッドにつかまった。

「今よ、突いて。いっぱい、突いて……そうよ、そう……あんっ、あんっ、ぁあんっ……」

「そうら！」

翔平も追いつめられていた。信じられない幸福感とともに甘い愉悦《ゆえつ》がふくらみ、射精前に感じるあの切迫感が押し寄せてきた。

(ダメだ。イカせるまで出しちゃ、ダメだ！)

奥歯をきりきりと食いしばり、つづけざまに深いところに打ち込むと、

「あん、あん、あんっ……へんなの……初めてよ。イクんだわ。きっと、わたしイクんだわ。初イキするんだわ。気持ちいい……ぁあああ、イクぅ……！」

淳子がのけぞった。

翔平が止《とど》めとばかりに打ち据《す》えると、

「ぅあっ……！」

淳子はがくがくっと躍りあがり、前に崩れ落ちそうになる。

それを支えて、翔平が駄目押しの一撃を叩き込んだとき、熱い男液が噴き出した。

「うあああ、出てる、出てるよっ！」

腰を引き寄せながら、放ちつづけた。そして、淳子は窓に両手を突いて、一切を受け止め、ぶるぶると震えている。

さっきよりさらにあがった、強烈なエネルギーを発散する太陽が、二人に向かって祝福の光線を送ってくれているように感じた。

しばらく二人でいちゃいちゃしたあと、列車が横浜駅を出発したのを確認して、淳子は自分の部屋に戻った。

翔平も降りるための準備をする。

朝の七時過ぎにサンライズ瀬戸が東京駅に到着して、翔平たちは降りる。

今日は出勤しなければいけないから、すでに、ネイビーのスーツに着替えていた。

淳子も、出勤用のグレーのスーツに着替えて、コートをはおっている。

しばらくすると、佐久部長と夫人が降りてきた。部長はスーツにコートで、香弥子夫人は洋服のままだ。

香弥子は甲斐甲斐《かいがい》しく付き添っている。きっと、列車のなかでも一戦交えたのだろう。翔平たちと同じで、サンライズセックスをしたに違いない。二人はますます仲が良くなっている。

「スーツケースは東京駅のロッカーに預けておいて、会社が終わってから取りにくればいいだろう」

部長が言った。この人はいつだって頼もしい。

「香弥子とはこれでひとまずサヨナラだな。その大きなスーツケースは大丈夫かな?」

「平気よ。転がしていくわ。それに、東京駅からはタクシーで帰るから」

香弥子は近づいてきて、翔平と淳子に聞こえるように、

「淳子さん、上手くいったようね。そのイキイキとした表情でわかるわ。二人とも、上手くやっていくのよ。相談したいことがあったら、いつでも言ってね。相談に乗るから……みなさんのお蔭ですごく愉しい旅でしたわ。行ってらっしゃい」

香弥子が手を振り、三人も手を振った。それから、部長が言った。

「今日からまた仕事だ。きみたちもたっぷりと充電できただろうから、そのぶん、発破をかけるぞ。さあ、行くぞ！」

佐久部長が先頭を切って大股に歩きだし、翔平と淳子は顔を見合わせて微笑み、あとをついていった。

※この作品は双葉文庫のために書き下ろされたもので、完全なフィクションです。

双葉文庫

き-17-61

部長《ぶちょう》夫人《ふじん》と京都《きょうと》で

2021年10月17日　第1刷発行

【著者】
霧原《きりはら》一輝《かずき》

【発行者】
箕浦克史
【発行所】
株式会社双葉社
〒162-8540 東京都新宿区東五軒町3番28号
［電話］03-5261-4818(営業部)　03-5261-4833(編集部)
www.futabasha.co.jp(双葉社の書籍・コミックが買えます)
【印刷所】
中央精版印刷株式会社
【製本所】
中央精版印刷株式会社

【フォーマット・デザイン】
日下潤一

ISBN978-4-575-52511-3 C0193
Printed in Japan